刘白羽
小传

刘白羽,原名刘玉赞,北京通州人,1916 年 9 月出生,幼年时做过学徒。尽管他出身于一个富商家庭,但是,家庭的衰败与破落、童年的惊骇与悲苦、成年后的逃离与流浪,让这个缺爱、孤独的青年人与中国底层社会有了天然的亲和力。

20 世纪 30 年代,他曾先后在北平市第一中学、北平民国大学中文系读书。在此期间,1931 年"九一八"事变爆发,刘白羽在国难中抛笔从戎。1938 年春,怀揣彭雪枫的介绍信,经由山西临汾,他来到了延安。初到延安,他不过是一位 22 岁的青年人,被分派到中华全国抗敌协会延安分会。1940 年后,他先后担任《新华日报》副刊编辑、北平军事调停执行部记者、新华社随军记者,跟随部队转战南北,后又随军南下,直到解放战争全面胜利。 50 年代,他又以记者和文艺工作者身份参加"抗美援朝"战争。

从 1955 年开始,刘白羽主要从事文艺领导工作。曾担任过中国作协副主席、党组书记,文化部部长,中国人民解放军总政治部文化部部长等要职。刘白羽的作品屡获大奖,比如:电影文学剧本《中国人民的胜利》获 1951 年斯大林文艺奖一等奖、长篇小说《第二个太阳》荣获第三届茅盾文学奖并入选"新中国 70 年 70 部长篇小说典藏"、长篇回忆录《心灵的历程》获 1995 年优秀传记文学奖、散文《芳草集》获 1989 年中国作家协会优秀散文奖。另外,《日出》《长江三日》等散文作品被选入中学语文教材。

2005 年 8 月 24 日,刘白羽去世,享年 88 岁。

总 主 编　何向阳

本册主编　吴义勤

百年中篇小说名家经典

BAINIAN
ZHONGPIAN
XIAOSHUO
MINGJIA JINGDIAN

火光在前

HUO GUANG ZAI QIAN

刘白羽

著

河南文艺出版社

·郑州·

一种文体与
一百年的民族记忆

何向阳 （丛书总主编）

自 20 世纪初，确切地说，自 1918 年 4 月以鲁迅《狂人日记》为标志的第一部白话小说的诞生伊始，新文学迄今已走过了百年的历史。百年的历史相对于古老的中国而言算不上悠久，但 20 世纪初到 21 世纪初这个一百年的文化思想的变化却是翻天覆地的，而记载这翻天覆地之巨变的，文学功莫大焉。作为一个民族的情感、思想、心灵的记录，从小处说起的小说，可能比之任何别的文体，或者其他样式的主观叙述与历史追忆，都更真切真实。将这一百年的经典小说挑选出来,放在一起,或可看到一个民族的心性的发展,而那可能被时间与事件遮盖的深层的民族心灵的密码,在这样一种系统的阅读中,也会清晰地得到揭示。

所需的仍是那份耐心。如鲁迅在近百年前对阿Q的抽丝剥茧,萧红对生死场的深观内视,这样的作家的耐心,成就了我们今天的回顾与判断,使我们——作为这一古老民族的每一个个体,都能找到那个线头,并警觉于我们的某种性格缺陷,同时也不忘我们的辉煌的来路和伟大的祖先。

来路是如此重要,以至小说除了是个人技艺的展示之外,更大一部分是它对社会人众的灵魂的素描,如果没有鲁迅,仍在阿Q精神中生活也不同程度带有阿Q相的我们,可能会失去或推迟认识自己的另一面的机会,当然,如果没有鲁迅之后的一代代作家对人的观察和省思,我们生活其中而不自知的日子也许更少苦恼但终是离麻木更近,是这些作家把先知的写下来给我们看,提示我们这是一种人生,但也还有另一种人生,不一样的,可以去尝试,可以去追寻,这是小说更重要的功能,是文学家个人通过文字传达、建构并最终必然参与到的民族思想再造的部分。

我们从这优秀者中先选取百位。他们的目光是不同的，但都是独特的。一百年，一百位作家，每位作家出版一部代表作品。百人百部百年，是今天的我们对于百年前开始的新文化运动的一份特别的纪念。

而之所以选取中篇小说这样一种文体，也是出于这个原因。

中篇小说，只是一种称谓，其篇幅介于长篇小说和短篇小说之间，长篇的体积更大，短篇好似又不足以支撑，而介于两者之间的中篇小说兼具长篇的社会学容量与短篇的技艺表达，虽然这种文体的命名只是在 20 世纪的七八十年代才明确出现，但三四十年间发展迅速，其中的优秀作品在不同时期或年份涵盖长、短篇而代表了小说甚至文学的高峰，比如路遥的《人生》、张承志的《北方的河》、莫言的《透明的红萝卜》、韩少功的《爸爸爸》、王安忆的《小鲍庄》、铁凝的《永远有多远》等等，不胜枚举。我曾在一篇言及年度小说的序文中讲到一个观点，小说是留给后来者的"考古学"，它面对的不是土层和古物，但发掘的工作更加艰巨，因为它面对的是一个民族的精神最深层的奥秘，作家这个田野考察者，交给我们的他的个人的报告，不啻是一份份关于民族心灵潜行的记录，而有一天，把这些"报告"收集起来的我们会发现，它是一份长长的报告，在报告的封面上应写着"一个民族的精神考古"。

一百年在人类历史上不过白驹过隙，何况是刚刚挣得名分的中篇小说文体——国际通用的是小说只有长、短篇之分，并无中篇的命名，而新文化运动伊始直至70年代早期，中篇小说的概念一直未得到强化，需要说明的是，这给我们今天的编选带来了困难，所以在新文学的现代部分以及当代部分的前半段，我们选取了篇幅较短篇稍长又不足长篇的小说，譬如鲁迅的《祝福》《孤独者》，它们的篇幅长度虽不及《阿Q正传》，但较之鲁迅自己的其他小说已是长的了。其他的现代时期作家的小说选取同理。所以在编选中我也曾想，命名"中篇小说名家经典"是否足以囊括，或者不如叫作"百年百人百部小说"，但如此称谓又是对短篇小说的掩埋和对长篇小说的漠视，还是点出

"中篇"为好。命名之事，本是予实之名，世间之事，也是先有实后有名，文学亦然。较之它所提供的人性含量而言，对之命名得是否妥帖则已显得不那么重要了。

值此新文化运动一百年之际，向这一百年来通过文学的表达探索民族深层精神的中国作家们致敬。因有你们的记述，这一百年留下的痕迹会有所不同。

感谢河南文艺出版社，感动我的还有他们的敬业和坚持。在出版业不免受利益驱动的今天，他们的眼光和气魄有所不同。

2017 年 5 月 29 日　郑州

目录

我们命令你们：奋勇前进……

——毛主席、朱总司令一九四九年四月二十一日《向
全国进军的命令》

第一章　雷雨轰鸣

七月是南方火热的季节，太阳喷着火焰，空气都像要烧着了。　这时在湖北西部火线上沿荆门山急进的部队，身上背的干粮包、子弹带、皮带，都黑糊糊水滋滋的汗湿如洗了。谁知从第三天起他们又遭遇了狂风暴雨，雨一来就如同抬了海来啦！　哗哗合着口往下倒，树木都唰唰地弯身在地下，各处山峰都影影绰绰看不见了。　人张不开眼，马抬不起头。战士们用手遮着脸愤激地说："这地方真怪，雨点都像弹头子呀！"暴雨却哗哗下了两日夜并无停止的意思，崎岖的羊肠小路，灌满泥泞，挂不住脚。　作战任务是十分紧急的，从第一天接触以后，敌人就一直在撤退，想逃出我们的掌握。　我们的战士一心一意要消灭敌人，杀过长江，部队没有停息而继续追击前进。　现在敌人也走不动了，在前面不远的地方，

只要努一把力就可以抓到、消灭。可是这天夜晚,翻过山,突然进入到一片汪洋、遍地湖沼的地带。

远近一片漆黑,暗中只听见泥浆里一片践踏声响。这时有一小群人从队伍里出来,向路边走去,随后竹林下就有光亮一闪一闪的。那是师长陈兴才捏着手电筒,蹲在泥泞中看地图。参谋、警卫员把自己的雨衣搭在他头上,他把地图展开在膝盖上。雨丝在电光里像银线一样闪亮着。旁边有两个参谋在悄悄议论:"前面是一条河?""嗯,一条大河呢。"师长在地图上正找不到哪里是渡口,听了这话,迅速地回过头不满意地问:"大河?大到过不去人吗?"没人搭话,只有雨声叫人怪焦急的沙沙响着。

二科长(侦察科长)从河边侦察转回来。他临时骑师长的马去的,这匹马三天三夜没吃料,在泥浆里喘着气飞跑,泥水从地面泼上去,溅得二科长满头满脸。雨在落,天气还是一样闷热,雨和汗绞在一道从头上流下来,刺疼眼球。二科长在队伍里转来转去大声喊:"三〇六(师长代号)在哪里?""三〇六在哪里?"他跳下来,没留神一脚踹在水沟里,他就淅沥哗啦蹚过去,敬礼,一面粗声喘气一面报告:"白花花一片,——不知道哪里是河哪里是路,………"师长哗地折了地图站起来:"敌人呢?""敌人在暴涨前过了河。"师长严厉地望着二科长的脸,他熟知这有麻子的黑脸是英勇而热诚的。二科长的报告一点不错,水确是在暴涨,暴涨得可怕,水田、道路、湖沼、山冈都分不清了,刚才他站在岸上，只听见脚底下一块块土崩落到水里。

这时，先后从各级部队纷纷送来报告："大河""找不到可以涉渡的地方""请示""怎样前进？！"大家都围在一起，等带命令回去。

一个老侦察员，他的草帽帽檐扯掉了，只剩下一个帽顶奇怪地顶在头上，雨水哗哗顺着帽顶灌到脖子里去，然后又顺着衣裳往下流。闪电一亮的工夫，师长发现了这个老侦察员。师长还记得他。他在火线上从容愉快，永不低头，有一回一颗子弹"当"的打进身旁小树，他还开玩笑："嘿！这一枪瞄得好准呀！"师长这时对他说："老夏，你再去看看，还能没路吗？""首长，在东北咱摸也摸得出一条路，——这南方，……"

突然，前面四五里地，发出"啪——啪"几响枪声。

很明显敌人就在前面。师长抬起头听着，——周围一群人以为师长在想主意、下决心，谁也不作声来扰乱他，在雨脚下兀立不动。实际师长只在这一瞬间想起了他的过去。他1933年奉党的派遣，在这洪湖区湖沼地带打过一年游击，那时他常常驾着一只小船在这复杂的港汊里转来转去，那时他的脑海比地图还详细地绘出这一带湖沼。他在这里负过两回伤，一次和部队失去联络，那时也逢到过无数次暴雨涨水，到处冲来撞去，可是现在他从地图上却找不到渡口了。不会是忘记，是年长日久，河山都有了改变。部队也不是一只小船，而是千军万马，汽车大炮，那时这些湖沼便于打游击，今天却成为前进的障碍。 这时天空中突然闪电大作，雷雨轰鸣，那锐利刺眼的电光一下把周围照亮：竹林，地下发亮的水，雨衣上的绿光，湿的枪把子，苍白的脸；一下又黑暗起来，什么也看不见。 师长似乎吃惊地听着那雷声，——他觉得这很像 1947 年夏季四平攻坚战那头一阵炮声，声音有如天崩地裂，在空中翻来滚去旋转不停。 那一次作战给他的印象太深刻了。 他笑了："四平——洪湖，洪湖——四平。"这距离有多远，这怎么一下却联系起来了呢?! 他的思索闪电一样快，周围的人只等了他不过一分钟。 他突然向前走去，头也不回，谁也不看，用坚决声音说："同志们! ——我们是从这儿打出来的队伍，……这儿挡不住我们，……哪一个连担任前卫? ""六连。""告诉七连担任前卫，——努力前进! 我马上到七连渡口，我们有办法过去。"从各处各级部队来的通信员、侦察员从他身边散开了，不见了。 他吩咐他的警卫员："告诉三科长，利用渡河时间和兵团和军取得联络，——我在河那边!"说完就头也不回地朝前走去。

陈兴才一到路边，却看见全部战士都在不停地前进，暗中有武器撞击声，水壶磕碰响，部队像潮水一样拥过去。 战士是执行命令最坚决的人，谁也没停止，谁也不想停止。 有两个战士边走边谈："快点蹽呀! 反正这里淋着那里也浇着，别让敌人跑了呀!""跑个毬!""跑个毬?! ——像你这样哈巴哈巴的，敌人还烧了热炕等你呀!""哎，伙计，奇兵呀! 敌人想我们走不动了，我们在泥里打哼哼了，可是一下子过了河，你瞧！""看！"前面有红色虚线似的一串红光子弹打上高空，这是敌人放射的。

陈师长兴奋地想看看说这话的战士是谁，可是一个拉着牲口的炮兵恰好挡在他面前，战士们带着没说完的话一挤不见了。

路淹没了，部队转到田埂上前进。陈兴才插在炮兵后面，他想超过他们赶紧到河边去指挥过河，可是不可能。田埂曲折狭窄只能勉强走一人，牲口更是困难了，顾上这条腿顾不上那条腿。两旁水田里水已经淹到田埂一般齐，稻子像水草一样淹在水里，在白色水面露着一点头。牲口不断跌到水里，没走过田埂的东北战士，扑通扑通地滑下去又爬起来。一个连队经过以后，田埂就踏得看不见了，实际上没有了。炮兵停下来在找路，牲口把泥水搅得人满头满脸。陈兴才就跳到水里打算绕到前面去，——面前是一片水田，再过去就是河了。这时四周一片哗啷哗啷的蹚水声，战士们手拉着手在泥水里前进。陈兴才赶上去，在水湿胶粘的衣服下，他觉得浑身火炭般发热，他几乎陷在一个泥坑里，要倒下去的时候，一只坚强的战士的手拉着了他。他喊："同志们！……冲过河去消灭敌人呀！"

经过一阵大雷雨之后，闪电向远方隐去，雨小了。

在树林后面一间小草屋里，点燃一支摇摇欲熄的蜡烛，电台在忙碌地工作着。

报务员浑身是泥水，袖子挽在肘上，几条黑色泥水顺着胳膊往下流，但他心神专注，突然拨转头，惊喜地说："兵团在叫我们！ 兵团在叫我们！"站在他身后的戴眼镜、面色苍白的三科长一把接过耳机子，坐下去，自己动手抄报。

两天两夜，他们在暴风雨里，像一只迷失在海洋里的船，跟外界失了联络。 现在这从电台里发出尖细而清晰的声音，使大家多么快乐呀！ 全屋的人都为这"哒哒——哒哒"声所吸引围到桌前来。 烛光照着每个人的面孔，都苍白了、肮脏了，可是都在胜利地微笑着。 外面，从树林那面远远传来一片复杂的声音，分不清的、混乱的、马的嘶叫，片断的战士的哄喊，这时师长正在领导他们向河边前进呢！ ——一科长雷英是一个英俊的年轻人，在东北大风雪作战的紧急情况下，常常看见他骑在一匹栗色洋马上像飞一样奔驰，那英雄劲儿，战士看了都说："看咱科长多带劲儿！"这会儿，他一进来把背上背的、用油布包了的皮挂包放在怀里，坐在一堆干草上就垂着头睡着了。 三科长十分兴奋地收完了报，交给一个矮小红脸的译电员去翻译。 他回过头想和一科长说话，却看见一科长把下巴抵在胸口上，雨水顺着衣服往下"滴答——滴答"不停。 三科长到自己怀里掏香烟，可是一根一根掏出来都湿透了，他就自个儿在蜡烛上烤着。 兵团也在行动，发完这份四个 A 的急报，就说了"再见"。 和军的电台简直联络不上，电台上忽然从遥远的不知何处天空中听到一阵飘然的音乐声，一个报务员说了"北京"两个字就笑起来了。 另一个说："听听有毛主席的报告没有？""毛主席休息了，还有半夜里做报告的！""不对，你瞎说，毛主席是整夜做工作的，他知道咱们正在这大雨里行军，他一定很关心咱们。"三科长听着暗中笑了起来。 电报译出来，他接过来只一看，赶紧说了声："拆线！"一把推醒一科长就一道冲出去。

这时，师长陈兴才正站在岸边泥泞中指挥渡河。

面前白茫茫一片，水在哗哗地流着，不知道多深多浅。

七连是主力团的主力连，得过"战斗英雄连"红旗，这时他们从师长身边走过，就老虎一样扑下河去，只听见二科长洪亮的声音响着，他在组织七连渡河。 六连对于把他们从前卫连调下来感到极大的耻辱，连长秦得贵在雨水下，脸红到每根头发都在发烧，首先跳下河去涉渡。 一片黑人影推进到白茫茫的河水里，只听见河水的喧哗，听不见人的声音了。 陈兴才站在那里，——他感到自己是站在空地上，下面已给水浪掏空，脚边一块一块泥土正崩落到水里去。 一个一个通信员跑来报告各处涉渡情形，——危险！ ——是失败？！ 是胜利？！ 突然他记起在这一带打游击时有一种渡河的方法，他兴奋地立刻把七连连长喊来，把那方法告诉他，七连连长听了跑下河去。

六连连长秦得贵蹚着齐胸的水和汹涌急流搏斗、挣扎，冲过了河。 战士们身上驮了几十斤重，冲也冲不过去，水一浮，头重脚轻就使不上劲了。

"来呀！"连长变成个泥人在对岸直喊："来呀！"

"看——七连在泅水呀！"六连里也跳出几个会泅水的战士，立刻扑在水里哗啦啦哗啦啦泅了过去。

"接上绑带呀——接上绑带呀！"这时在冲激得有里把地宽的河面上，一根根绑带接连在一起，两个连队拉着绑带过了河。 一阵快乐的声音传遍各处："前头部队过河了！""前头部队过河了！""啊！ 胜利了！ 胜利了！"

师长快乐地跳起来就要涉水过河，却被警卫员紧紧拉着不准他下去，他凶恶地推着警卫员的手。 正在这时候，突然一科长雷英骑着一匹白马远远跑来，在什么看不见的地方一下跌在泥沼里，马扑通扑通地挣扎着，溅着泥浆嘶鸣着，一科长暴喊着，鞭打着，马好容易挣扎起来又向河边跑。 一科长像一阵旋风一样跑来，他从马背上隐约望见河上几条黑线，战士们已经在奋勇涉渡了。 他就从远而近喊成一片："不要过河呀！""不要过河呀！"他看见师长，师长正在挽裤脚。 马还没收住脚，雷英就跳下来，敬礼："首长，兵团有新的任务！"把电报递过去。 陈兴才打亮手电筒，电光刺疼他的眼睛，他看完电报立刻对雷英吩咐了几句话。 一科长就奔到各处喊叫，立刻呵呵一片叫声由近而远，而左，而右，一直传向激流澎湃的河上："停止渡河呀！""停止渡河呀！"……

第二章　政治委员来了

师政治委员梁宾探家去了，追赶三天三夜，终于在第四天黎明时赶上了部队。

敌情发生了变化，原来吹嘘着"江北根据地"的宋希濂，自从发现我们的攻势后，就是一个劲撤退、逃跑。兵团命令从沮水一线向宜昌追击敌人的这一个师，立即掉转头向南插过长江去切断敌人的退路。昨夜十二点钟，先头一个营已渡到河西，师长下命令：不能等待他们转回来，后队作前队，立刻掉转头就往南走。黎明的时候，在一条高冈上，部队被允许一次大休息，疲乏万分的战士们，谁也顾不上吃干粮，两条线一样顺着大路两旁，都歪在地下立刻就睡着了。师长陈兴才坐在一个乡村茶馆小草棚下喝开水，他已经派通信员去召集先头团的团干部来开会，所以他不能睡，实际他也一点睡意都没有，新的任务占据了他整个头脑，他在考虑如何来完成它。雨在下半夜就停了，现在浮云像雾一样飞着，一丛丛的树木、竹林绿得像翡翠一样好看。东面地平线上露出红光，"暴雨过去啦！"可是师长一想到中午可怕的太阳，他就立刻看看睡着的战士们，皱了皱眉头。

这时，有两匹马忽然从他们的来路上赶来。开始他以为是后面团里派来联络的侦察员，未加以注意，直到四五米远时，才看出那是他熟悉到一眼就看出的师政治委员。部队行动时，梁宾探家去没赶回来，现在却一下出现了。 他是一个高身材、永远昂着头、明快、果决、将近四十岁的人，他嘴上挨过一粒子弹打碎了牙床，到现在说话总像是咬着牙齿，发出的声音却更显得果敢、动人、有鼓舞人的力量。 现在他面色苍白，这是他又一次负伤的记号。 还是长征中在攻打遵义战斗中，他负伤昏迷在火线上，后来一个人躲在竹林里几日几夜，只掘点毛笋子吃。 那时部队拥过去了，阶级敌人、地主恶霸发疯发疯了起来，可惜不少戴八角帽、外乡口音的人就死在他们斧头之下了。 他带了伤又发了疟疾，最后收集了十多个伤员，带着一颗手榴弹，日夜不停，赶了十三天才赶上队伍。 可是终因流血过多，从此患了贫血症，常常头晕，流鼻血。 现在他瞧见睡在路边上的战士，怕惊动他们，他想把马拉慢一点，可是马跑欢了，调皮地跌着脚，甩着尾巴转着，溅着泥浆，不肯停止。 梁宾骂了一声猛然跳下来。 他顺着道路，放轻了脚步，带着慈爱的眼光，低了头，看睡在地上的战士：战士们弯曲着，有的头就枕在别人的脚上，可是都睡得那样安稳沉熟。 政委知道，战士们的睡眠，就是炮弹落在旁边也不会震醒的。 黎明的光在他们的脸上照耀着，脸上有一条条泥水印子，树枝抓破的血痕。 梁宾记起昨夜的雷雨大作，当时他站在一个老板家的房檐下想念着战士们，……现在他低着头走到小草棚跟前，一仰头，看见了师长立在那里，黑红圆脸上两只大眼朝他笑着说："同志，赶得是时候。"政委十分愉快，昂着头走过去说："伙计！ 一辈子还能过这么两回长江吗？！"师长与政委看看彼此满身泥泞，就相视而笑了。

当他们坐在干草上，师长就说："你没回来，马上要行动，我跟李主任分了个工，他掌握二梯队，——病号太多，炮兵拉得远，上不来，筹粮队没人掌握政策，病号百分之七八十打摆子。"他几句把情况讲完就关心地问："伙计！家里怎么样？"

师长自己的家乡还在遥远的前面——湘粤边境上。十六七年之久，从南方到北方，在火线上转来转去的时候，他很少想到这一个"家"。这倒不是没有感情，而是在长年累月的战斗与工作中，人们的情感变得更广泛、更扩大、更丰富了，就是在战争中遇到家乡出来的老同志偶然提起，也觉得回家那是太遥远的事了。可是现在一个现实问题摆在面前，他们所要前进的地方，所要打去的地方，不正是自己的家乡吗！半年以来，每一次在会议上，在读报纸的时候，看到"解放江南人民"这句话，只是一般理论地了解它，只有在一步步愈往南走愈接近家乡了的时候，才突然把自己的家，自己的父母兄弟，与自己所要去从事解放的江南人民血肉联结在一起了。

梁宾这回真正走近自己家门口时，原来也怀着一种淡漠的情感，自己心下打着算盘："家里人还在吗？""见面又怎样呢？""说什么话呢？"……他从来处事果决，现在心情却不免有些零乱，一个答案也没做出来。他只管低了头顺着路走，走过一道木桥，他停着，用脚踩了踩，看了看，想：这桥——不行，连一门步兵炮也拉不过来呀！可是突然他看见河那面有一排桐子树，水塘里还有几只鸭子在划水，就在那塘后面，……他仰起头寻找着，——那不是自己住的村庄吗？从前屋顶上飘着炊烟，现在呢？

他的心紧张地跳着，忽然情感冲动起来，他发现自己眼圈里竟然湿起来，他心里小声地责骂着自己。不过他到现在也还无法弄清楚，后来他是怎样跑到了一群人跟前——只觉得那是一群人，无数的眼光，无数的手在纷乱地动着，都投向他，伸向他，老人在哭泣，小孩子在欢叫。在这中间，他突然看见一个白发缤纷、枯瘦、瞎了一只眼的老太婆，从人丛中出来，他简直无法辨认，可是她默无一语，伸着两只发抖的手拉着他，他心里叫着说："这是母亲！这是母亲！"母亲悲伤地伏在他胸前还是一言未发地哭了。二十年前的印象在这一瞬间一下子转回来了，他记得那十分紧急的一夜，白军已到周围村庄上开枪搜捕，母亲偷偷送他逃走的时候，她也是这样悲伤地伏在他胸前耸着肩膀哭过，那时他说："妈妈，等着我，我会回来的。"多么悠长的二十年呀！果然回来了，可是现在他扶着颤抖的母亲，咬着嘴唇，不知道说什么好。只在母亲擦擦眼泪突然抬起脸望着他问"梁宾！你好吗？"的时候，他心窝里一热，眼泪又几乎流了下来。

母亲衰老得如此厉害，可是母亲还和从前一样倔强。她颤抖地拉着梁宾的手，走了几步，指着那一片长满萋萋青草的地方说："梁宾，你瞧这里！ 你的爸爸，给白军折磨了两天两夜，钉死在这里，临死喊着你的名字，……"她转过身，她的眼睛里炯炯闪光，一指："你再瞧这里！"她默然耸着肩膀低下了头。 她所指的那一片荒凉的废墟，梁宾记起原来这就是他们的家，他在这里诞生，在地下爬大，在屋里和青年团团员开过会，他又从这里逃走，他还记得门前有一棵老橘子树，可是现在他什么也找不着了。 他知道当敌人追寻不到他的时候，是怎样无耻地摧毁了他的家庭，这时从梁宾心底升起一股怒火，他全身都燃烧，可是他极力冷静自己。几个长胡子的老年人眼里含着眼泪，都上来劝住老太婆。 老太婆一转身说："我不难过，梁宾，我没低过头，我记着你嘱咐的话，我没低过头。"

村庄不再是从前的村庄了。 给蒋介石反复烧杀过，给日本人"扫荡"过，烧的烧了，毁坏的毁坏了，年轻的男人女人，梁宾也都认不得了。 母亲默不作声地望着他，他也不是从前的样子了，他苍老了，可是他成熟了，他更坚强了。 后来母亲又哭了。 他从别人嘴里知道，兄弟在他走后参加了地方党组织，正在树林子里开秘密会议，被叛徒告密，一下给白军抓去，一阵机枪，二十多人都扫死在河边沙滩上。 他知道现在母亲看到他，想起了兄弟。 这一切使梁宾很伤心——多少同志都被伤害了啊：那年冬天，姐夫实在熬不下去，一个落雪的夜晚，他跑出去找红军，又被抓回来给枪刺扎得全身鲜血淋淋，抬回去三天吐血死在床上了。 当过苏维埃时代村妇女委员的姐姐，到现在还守寡过苦日子。 村庄上不知多少人都遭了同样悲惨的命运。

这一晚上，梁宾就睡在母亲床脚边的草铺上，他的脑子一闪一闪的。 经过长期革命斗争锻炼的人，你从表面无法看出他是怎样激动的，——这一天，他和很多来访的亲戚邻居一起谈笑起来。 他们谈着这十几年的经历，谈到毛主席和朱总司令，梁宾谈得最多的是解放军的纪律和政策，他们问得最多的是什么时候分土地；可是现在一睡到草铺上，一幕幕血的往事翻来覆去，弄得他怎样也睡不着。 有一种思想尖锐地刺疼着他，——当他在火线上，在枪林弹雨下奔走呼号的这样长的时间，家庭被敌人摧残变成了这样死的死、亡的亡。

母亲把床弄得咯吱咯吱作响，问："你还没睡着吗？"

很显然，母亲也涌起无限心事，母亲最后一次哭，他知道是在哭小儿子的，可是他现在不想再惹母亲说话，就说："不，我睡，我睡。"他无声地躺着不动。 当他心中头绪纷繁，不可开交的时候，在朦胧中他记起毛主席说过的话，那是在自己脑子里印象最深的一段话："……他们从地下爬起来，揩干净身上的血迹，掩埋好同伴的尸首，他们又继续战斗了，……"他觉得爸爸、兄弟，不都是被掩埋了的同伴吗！ 他记起在部队追悼会上说过这样的话：我们应当眼向前看，在前面还有多少地方没有解放，还有多少人正在被摧残，被凌辱，被杀害。 睡熟了的时候，他做了一个噩梦，他似乎睁着眼，他看见敌人，看见敌人在烧着火，在那火光中烧的不是旁人，正是自己的父亲，父亲在喊着他的名字，……他惊醒，浑身出了冷汗，他从地下爬起来，他想了半天，他懂得他的仇恨是永远也不可能忘掉的了。但是现在他想撇开它，他觉得自己还应该再冷静些，——革命要我们前进。他努力想部队，想无数熟知的战士和各种急待着手的工作，他想到未完成的最后战胜敌人的任务，他渐渐从情感的刺痛中解放出来。在天将亮的时候，他把头扎在铺草里熟睡了有一个钟点。母亲早已起来，唯恐惊醒他，走到外面去。醒来，他已决定不等二十里外的姐姐来会面就动身回部队了。本来很想把装在口袋里的小孩子的照片拿给母亲看看，可是临时却忘记了，他只把自己积蓄的津贴、保健费和带来的粮票留给母亲，说："我去了。"母亲望着他，没说什么话，她已不像昨天那样激动。梁宾告别了友邻，然后找一个长胡子的当过苏维埃委员的老年人，带他抄着田埂小路去看一个同志的家，他和这个同志从前常常在那儿开会干工作，后来，又一起在红军里，不过那个同志在抗日战争中牺牲了。走到了一看，那儿也只剩下一堆瓦砾。据这位老年人说，五六年前就不知道他家的人都到哪里去了。……多少血债，多少仇恨，一件件深印在脑子里，梁宾从那里满载着这一切往前赶部队。在那遥远的路程上，他是那样急于赶上部队。当他在后勤部送运弹药的卡车前座上，他不断对自己说："我在火线上打仗打了二十年，我咬牙咬了十几年了（指牙床负伤以来），我现在应该咬得再紧些，同志！谁还比我们再清楚，我们应该怎样对付敌人！"有时汽车陷在泥中，他就昂着他那被子弹打伤过的头，沉思地、坚毅地走着，这时他觉得轻松了，又觉得责任的沉重，他的一切思路都集中在一点上：前面的任务。

今天黎明，他已经几夜没好好睡眠，终于赶上了部队。他好像离开他们很久，一旦见面，胸中有说不出来的那么快乐。可是当师长问到他家庭情况时，他只皱皱眉说："同志！上了很好的一课。"就再没说什么。

团长陈勇，团政治委员蔡锦生奉召来到了草棚下。师长陈兴才就在地下铺了军用地图，他说：根据兵团的作战命令，他们应该在明晚完成横渡长江的艰巨任务。

第三章　新问题

当天夜晚，部队到达了长江边。虽然经过了一百多里地的急行军，战士们却不能立刻休息。因为一切准备工作要在这一晚上做好，天亮就需要隐蔽起来，不让对岸敌人发觉。六连这一夜工夫，费了九牛二虎之力，跑遍江边河汊密密层层的芦苇丛，只找到一只小木船，好容易把它拉回来，到这山坡后十分隐秘的连的宿营地，天已快亮，长江已露出一片茫茫白雾。可是奉令检查船只的工兵连长看了半天说："这船漏水，走小河沟子还对付，靠它到大江上乘风破浪，还得修理两三天。"连长秦得贵出不来气了，虎虎地瞪着两眼盯他走去，粗鲁地骂了声："日你娘！"就跑进草屋把两手往头底下一垫，倒在稻草堆里。

战士们纷纷垂下头散开，有的到山坡后面拢一点火烤衣服，有的到草屋里睡觉，只剩下杨天豹孤独地站在破船旁边喊："喂！喂！同志们！想个办法呀！"东北战士王春把鼻子一哼，说："看你这南方好，南方好，这法子由你想吧！""哎，老王！你说话这样不讲道理，这过江，是毛主席的命令，又不是我把你从东北请来的！""你请？……八抬轿请爷爷不动呢。""你骂人！""骂你怎么样！"

秦得贵听他们吵得那样凶，他一声不吭，自个儿用手指头塞着耳朵，把脸埋在草堆里，咬着嘴唇硬往肚子里咽眼泪。从松花江到扬子江上万里地就是为了这个过江，眼看二野、三野①首先执行了毛主席的光荣任务，现在盼来盼去，好容易到跟前又过不去了。他又联想起昨天夜里过河，——让七连先过，哼！七连是"战斗英雄连"，六连在肥牛屯、金山堡那大风大雪里顶着敌人，反复十几次冲锋的时候，七连在哪里呢？现在老英雄连没新英雄连吃得开了。昨天夜里，我拼出条命，死也死在河那边，就不能眼瞧着又是"六连老落后啦！"可是现在我能立着走过这条长江吗？我能立着走过这条长江吗？……

杨天豹和王春的争吵虽然给班长阻止，可是他们还在那

---

① 指中国人民解放军第二野战军、第三野战军。

儿继续斗争。

原来自从部队进入湖北边境后，战士们一般求战心情极高，可是一部分战士思想上也暗暗发生了一种变化。 王春是个矮矮粗粗的人，圆脸给太阳晒得像黑锅底，这几天经蚊子一咬，汗水一浸，肿起一堆堆红疙瘩来。 他这个人勇敢积极，就是心眼死，脑筋不大容易拐弯，南下动员时他倒是一个要坚决南下执行毛主席光荣任务的人。 那时讨论"南下作战思想"，有人形容南方热得墙上能贴饼子，他就起来辩驳："那真是逗笑话，我就不信，没有柴火，能烫熟了饼子，咱们毛主席的队伍闯南闯北，——你们不记得那歌：'在火里不怕燃烧，在水里也不会下沉。'"可是自从这次攻势开始以来，太阳一热热得人半死，雨一来又淋得人像水鸡子。 湖北西部村庄零零落落，追击敌人的部队，从出发以来就夜夜露营，竹林子里蚊子嗡嗡，——比东北的蝎子还毒，他妈的！你咬吧！ 老子卖给你啦！ 谁知跟蚊子打了一夜架，天快亮正好睡，露水又唰唰地淋得像小雨一样。 原来王春还常常想把衣服晒晒洗洗，晾晾干净，可是两天过来，他已经失去这种信心。 这些王春都不怕，他想：在锦州火线上受过考验的人还怕什么呀！ 多少挺机关枪像铁扫帚一样，身边战友一个个倒下去，那子弹头子只要碰一碰，一百回也死了，可是咱们眼睛盯着前面没有停止前进，现在最后消灭敌人的时候，能给蚊子、太阳阻止前进吗？ 不管怎样，南下总得坚持，——不过他的思想矛盾愈来愈厉害，像两个小人在脑子里面摔跤。

像杨天豹这样的人，专门在连里讲南方这样好那样好，这几天以来王春听着就从心里对他特别起反感。杨天豹是在辽西战役解放过来的湖南人，参加以后情绪并不太高，念家想老婆，成天把脑袋窝到腿裆里，可是一南下就活跃了。在汉水演习过江的时候，他教会了全班游水，杨天豹倒成了天字第一号的积极分子，点名时上级还一次两次表扬他。这样一来，杨天豹可就上了天啦，这里那里，到处都听到他那咿哩哇啦的声音，只要谁一提起南方，他浑身劲儿就上来了说："走着瞧吧！南方有好日子给你们过呢，你们吃的那小米，我们都是喂雀子的。"从北京出发一路上来，王春本来听也听惯了，可是这几天他听着就把脸虎下来："杨天豹！你说你的好，可别遭害我们，你南方好，打了三年仗倒住不上房子了！"任凭你怎样浇凉水，杨天豹总是笑嘻嘻的。可是今天，眼望着长江，他可抓了家伙没办法了，上哪儿去弄六七只船来，装上这一连人杀过长江去呢！经王春这一吵闹，他就坐在草屋前树底下，把头架在膝盖上哭起来。

王春无精打采，吵了一顿，自觉很无意思，就抓上枪往哨位上走去。

这时天已灰沉沉的了，他看见一个高大身材的干部从那边摇摆着走来，见着他就问："同志，你是哪一个连的？"王春待答不理地说了声："六连。"这个干部昂着头微笑着："老英雄连队，——怎么样？挺得了吗？"他走到跟前来。

"嗯哪，挺呗，当兵的还有什么挺不了的吗？"王春说着就抱了枪坐在沙滩上，掏出一块碎报纸要卷根烟吸。可是这个干部也坐下，却递给他一根洋烟。他转了转那支烟，嗅了嗅，抬了头："有火柴吗？"他点着烟吸了一口，继续说："说句东北话，——够呛，冷冷不死人，热可热死人呢！这仗让我参谋，早打早完早休息。"他们谈了一阵子，王春掏出他心里话："我参军头一抹就碰上1947年打四平，咳！那仗打得邪乎，——现在讲打仗，咱没什么思想，就是这南方的生活不好过，他妈的，跟出了洋一样，老百姓们话都听不懂，在东北拉一拉，打了两年跟在自个家里一样，这里，……咳，同志，咱们是翻了身的人，把革命进行到底是有决心。"话虽如此，可是在黎明的光亮里，他的眼睛并不十分光彩。那个干部昂着头听了半天，好像在想什么，忽然缓缓地说："同志，让我给你讲一个故事吧！——十几年前有拨子队伍叫红军，从这江南打出来，那时敌强我弱，人家到处打，他们就冲出来，只有冲，冲得出来才是条活路，要不，就统统死在敌人手里。那一天真拖不动了，每个人都躺在地下，脚像个血饼子，疼痛难行，都说死就死在这里吧！可是有一个人大声说：'要死跟敌人拼死，也不能躺着死在这里！'这人就是我们现在的兵团司令，后来冲出来了，——才有今天我们这支军队，现在情况总比那时好多了……"他正说着，突然指导员兴冲冲跑来，一低头愣着了，赶紧立正喊了声："敬礼！"于是他的故事就没有说完。

王春泼刺一跳跳起来，不知怎样是好地望了望那个干部。 指导员却满面微笑惴惴地说："首长，过江有把握了！"

原来和王春谈话的不是别人，正是师政治委员梁宾。 他站起来严肃地注视着指导员。

指导员扭转身一指："三〇七（政委代号），你看！"

梁宾的脸上漾出无比的笑容，他向那迎面而来的一个长胡子的老人和一个四十几岁的妇女走去。 他看见他们手里提着绳索、船桨，都是那样笑嘻嘻兴高采烈地走来。 这时梁宾心里已明白了八成。

指导员李春合是个有朝气的人，聪明、活泼，他说："全连找了一夜只找了一只破船，一个连怎么过江呀！ 他们把船拉回来，我就没回来，——我想总能找到老乡，咱们到哪里不靠群众哪能解决问题，……顺江边找了二里地才找到一间房子，就碰上这个老大爷，开头讲话听不懂，我就干脆告诉他：'我们是毛主席派来过长江的。'你瞧！ 他一听，说声'你们回来了！'就跑，他到河汊子里叫了一声就来了六只船，连这老大爷自己，我劝了又劝，也非来不行。"

梁宾和来的人拉了手，他望着那一位头发灰白了的老农民，感动地说："老板，船舍得帮我们，过了江就派人送回来。"

"不，同志，这是大江，你们撑不了，我说句体己话，从前在这江上送你们红军兄弟也不是一回了，十几年等你们也等得够苦，国民党半个月前把这江上的船烧的烧，沉的沉，天天打枪，没沉的也跑了。我们商议，没船怎么送同志们过江呢！我们就藏了这几只船等你们。"

这时，王春早飞奔回去，一脚踢醒连长，大呼大叫："船来了，——统统来了！"战士们纷纷往外跑，跑过来，一下子把老乡们密密包围起来，立刻快乐地谈笑，亲热地拉手。政委望了望天空已闪出光亮，就说："到屋里说吧！"

他自己却心事重重地拉了指导员向前面山坡上走去。山坡上有树，他们从那里望见清清楚楚一片白色的长江。政委问指导员："李春合同志，部队情绪怎样？"指导员照例不假思索地回答："还好。"政委沉默地向前看，好像在研究这浩浩荡荡的大江，但是他摇了摇头肯定地说："不是还好。"指导员未作声。"领导，就是要深刻了解战士的思想情绪，他们不会说，——你去问下级，下级也会挺挺胸脯说：'首长放心，不完成任务不回来！'这话我不怀疑，我们的战士听见枪声往前跑，一个命令会冲上去，可是光凭这样不行，战争需要我们坚持到底。李春合！你看，这不是长江吗？可是长江过去还有千万层高山、大河，天气比这还热，蚊子比这还多，雨比这还大，我们的仗打不打？"李春合脸红了一下说："对，首长，……熬不过的时候，我也这样想，枪快响，快往上跑，快点打吧！作战牺牲总比热死光荣些。""那你怎么办呢？"指导员想了一下诚恳地告诉他："我想到党。""你还要想到前面！"政委有力地向濛濛的江对岸一指，他的声音变得严厉而且果决："只要我们两脚没走到的地方，敌人就在那里放火！ 杀人！"

　　一阵风从江上吹来，头上的树叶嗦嗦作响，灰色沉雾已如轻烟飞去，金红朝霞灿烂出现在东方，有一只白色水鸟正向对面遥远的方向飞去，在红霞衬托下这鸟显得是那样洁白、那样自由。 你看，——它可以在敌人阵地上空飞翔，看清哪里是敌人弱点，可以决定我们攻击的方向，……梁宾笑起自己来，有意抛开这种"知识分子幻想"，立刻收回眼光。 忽然他发现在他身旁正发生一种不平常的事件。 原来有十几个面色焦黄的战士，正兴冲冲带着满头汗水走来，望见指导员在这里才舒了口气。 指导员一转身吃惊地问他们为什么赶到这里来，不是在后面已经指定司务长安排了病号的休息室吗？ 这时从那里面走出一个老战士，脸上满楂楂盖着一层黑胡子，打摆子打得黄皮寡瘦，眼睛大得出奇。 梁宾记得这是机枪射手李凤桐。 老战士，老落后，有技术，不爱打仗，几次要求调伙房工作都没允许，现在他却跑上来了，他把手掌弯曲着放在帽檐上，低低地敬了个礼说："指导员！ ——在东北三下江南，四战四平都有我，这回下长江，……政委！"他露出恳求的颜色，眼眶湿润了。"从前我落后，现在全国快解放了，给我一个立功的机会吧，指导员，我死也得参加，别让我回去。"梁宾脸上沉思的神色消失了，露出动人的笑容来，他把两手背在身后，歪着头倾听着。 这时，一阵弥天的白色的暴风雪突然跃现在政委的记忆中间来，在那艰难困苦、天空似乎还黑暗的时候，他听到过这样坚决的声音。他望着李凤桐说话时顺额角慢慢滚下来一颗颗黄豆粒大的汗珠，梁宾立刻走过去，弯一点身子跟他们握手。在灿烂的朝阳的光线里，他看见每一个战士都在用坚毅的脸色，明确的眼光，回答他心中悬虑的问题，——那一个新情况下的新问题，……

第四章　平静的激流

长江在太阳光下发亮，江水暴涨，刚刚从三峡夺口而出，浊黄的水浪以惊人的速度向东方奔腾。它要奔向汉口，奔向上海，奔入海洋，那里两岸都解放了，火炬通红耀明江水，不停地洋溢着胜利的歌声。只有这上游，长江仍然冲激着老百姓流不尽的血泪。它波涛呜咽，日夜不停，流了千万年。长江两岸是一望无际的丰美田园，田园上的人们却受着痛苦熬煎，祖先留下的长堤在残破，江面高出了地平线，长江在人们屋顶上奔流，让这岌岌可危的时间过去吧！东方天明了，这一天长江跟往日一样急速地漂流，太阳喷着火，天上没一丝云，江上没一只飞鸟。

师的观察所秘密隐蔽在树林中间打鱼的小草屋里。二科长在打电话："三〇六！对面敌人工事上，有一个军官和两个哨兵瞭望了一阵又回去了，西面没什么动静。"他放下电话筒，就捞起胸前的望远镜，立刻到临江的小窗洞那里去观察。

屋中光线幽暗，竹篾墙上挂着沿江地图，上面标满了红线蓝线和各种记号，木椅上摆着一只电话机，一只小桌子上铺着一张纸和一根红蓝铅笔。 二科长柴浩从昨夜到达江岸以后就在这里辛勤地工作，没有闭过眼。 他那有麻子的黑脸上显出特有的机智与紧张，他带着昨夜暴风雨下未完成涉渡侦察的惭愧心情，现在经过十几小时的努力侦察、观测，凭着丰富的经验，他在小桌那张纸上已经绘制下对岸——也就是我们准备突破长江这一段敌人防地的部署图：敌人的炮兵在左翼高地，正面不少已经干枯也没换一换的伪装树枝，哨兵的行动，这一切，实际上早已暴露了敌人阵地，——机枪巢间隔着普通步兵地堡和掩体，总的阵地是一线列开在江岸突出的高冈上，阵地后面是山，远处还有更高、更多的山。

这一天，师长陈兴才亲自到观察所来了三次。 他沉默、严峻，他需要更多的情况供他判断、下决心。 下午四点钟这一次，他对二科长说："敌人没发觉我们，这一点是十分肯定的。 我们现在最需要的是登岸的具体地形、敌情，你好好观察，五分钟报告一次！"他严格地提出要求之后，就灵活地敏捷地弯了腰顺着屋后的树林跑回师部去。 现在他多么迫切需要知道这一切具体材料，来决定部队登陆以后的具体突击方向呀。

这一天电台忙碌极了，军和兵团频繁来往的电报，说明全线的眼光都注视着这里。 陈兴才跑回来，政委皱着眉把一份电报交给他。 情况是万分火急的，宋希濂主力拼命缩进宜昌，企图逃逸。 兄弟部队已从远安经两河口、分乡场一线，于今晚可进至南津关切断敌人向四川逃窜的道路。兵团要求：今晚一定渡江！ 今晚一定渡江！ ……从宜昌东方二十里渡江，抢占敌人红花帽主要炮兵阵地，同时堵塞敌人逃往江南的孔道。 要渡江，又不要惊动江防上敌人，如果让他发现就会抓不住他，……一个一个问号出现在指挥员面前，师长和政委都在这伟大历史关键问题上绞着脑汁。 因此这一天的指挥部，充满紧张而严肃的气氛。 除了一科长时常来接受任务或报告部队紧急准备渡江的情况，电话铃也不断地响着，三科长偶然进去又出来之外，整个指挥部很少听到高谈阔论的声音。 政委不停地吸着纸烟。下午吃饭的时间，虽然炊事员同志特别弄了一尾鲜鱼，炊事员记得师长是常常讲起这里的鲜鱼的，可是师长却吃得很少，因为几次事情把吃饭临时插断。 第三次他刚坐下来，突然从观察所来了电话：

"敌人阵地上不断有人活动，似乎有移动模样。"

这个最可怕的消息来了——要逃跑吗？！ 空气立刻紧张起来。 政委高高的身子一下从桌边立起来，皱着眉。 师长放下电话，扭转身就往前面江边观察所跑去，在那里，他从"蔡司"望远镜里，清晰地看见敌人。 这望远镜得自东北第一战，是他心爱之宝，现在可有效用了。 果然他看到敌人在纷纷活动，在下午已经失去炙人火力的金色阳光中，他们在江岸上下很混乱地像蚂蚁一样奔跑，不知在做什么？

二分钟，三分钟，五分钟，……师长一声不响地紧张地看着。 最后他忽然放下望远镜，一股胜利的笑容浮现出来："老柴！ 敌人的工事里一定像火炉一样。""你怎么知道？""你看！ 他们熬不住了，他们拼命往江边跑。 在水里扎个猛子又往回跑，就是这么移动！"二科长轻松地叹了口气，一面狠狠地咒骂敌人，说要允许打炮，他要亲自放几炮，打死这些狗养的，但他一面仍细心地继续他的工作。

陈兴才一路上思考问题，回来没有再吃饭，他立刻俯身在地图上。 太阳已西落，江面上最后映着柔软飘动的红光，警卫员把他们移到屋外坪场上来，在一排石榴树下安了桌子，树后面有小水池，盛开着白色莲花，太阳像血红的圆球，已失去灼人的光芒。 具体的攻击时间已报告了军，军还没有回报。 师长望着地图上标明的敌人一线阵地，再一次地做反复思考：第一，过不去？（他坚决摇摇头：不可能。）第二，过去，而不可能迅速占领滩头阵地，给敌人炮兵以充分准备时间。 第三，占领阵地，但不能争取黎明前迅速发展夺占炮兵阵地，天一亮，敌人飞机炮火就要给我们重大杀伤！ ……最要紧是这样一来就不能切断敌人江南退路。"今夜一定渡江！"这事实是不可移动的。 根据观察所的报告：天气平静，水流速度也没有增加，——十二点钟有月亮，容易为敌人发现，但这不要紧，师长已经下了决心，采取六只小船组成突击队英勇冒险地偷袭天险。 不过现在他需要一个理想的向导，能在登陆以后立刻把部队引向正确的攻击方向，可是长江已被封锁一个月，哪里去找这样理想的人呢？……

由于政委梁宾提议，团把突击任务交给了六连。六连在师部上游那一片长满树林的山后面，地形十分隐蔽，经过一条蜿蜒小路可以到达江岸。天黑以后，六连忙作一团，有几个水手带一班战士在河港苇丛中修理那一只破船，排长们跑来跑去检查武器弹药和攻坚器材，指导员在自己小屋里看各班纷纷送上来的决心书，他立刻发现了一个特点，三年解放战争中从来没一次像这一回，未入党的战士几乎全部要求加入共产党，——战士们以深深的心意说："仗快打完了，回家一问还不是党员，有什么脸见人呀！"李春合一面读决心书，一个一个熟悉的面孔就浮现出来，他幸福地笑着，立刻佝偻着腿在膝盖上向上级写报告。连长秦得贵乐得合不拢嘴，他带着全连大多数战士在另一间大堂屋里，请长江上乘风破浪老手——那个长胡子的老人讲渡江应注意的事项。堂屋里灯影幢幢，战士们喊喊喳喳地快乐地谈笑着，烟从人们头顶上飞向屋外去。总之，听说就要执行毛主席光荣渡江任务，这里一切都是兴奋、紧张、忙碌、愉快的，连部从早晨到现在都挤满人，纷纷要坐第一船。

王春看看轮到了他去江沿放警戒哨，他一个人叼着半截卷烟，背上枪，从热闹的人群里低着头走出来。今天，他心绪不宁，脑子想得太多太乱了，到江岸一日一夜，他躺在草铺上也一直睁着眼。 这一天，脑子里两个小人不是在摔跤而是在拼命了。 这种思想斗争，在一个革命战士身上是并不稀奇的，他的矛盾正是一个连队里积极分子与当前艰难现实情况的真正的矛盾，但像这样激烈的也还很少。 今天，他不止一次想到他那遥远的在嫩江上游的家乡，……两年前落雪的时候，在共产党领导下进行了翻身分土地的斗争，那时他的思想也矛盾得很厉害，半夜三更爬起来跑到工作队去，工作队队长老谢拉着他手，感到他十个手指树叶一样发颤，就亲切地说："老王，有话你告诉我吧，共产党是和你站在一道的！"他感动得哭了，他抛弃了旧社会给他的一切顾虑、担忧，从那以后他才毅然决然地站了起来。 1947 年他参加了军队，他在火线上勇敢作战，负过一次伤，终于在辽西战役记了大功，那时他的思想就是："今天我王春也像个人了，往后凭良心看吧！"可是南下一路保持的热情，碰上这几天这残酷的现实，他忽然变成了"落后分子"，……他想起今早跟杨天豹的争吵，又记起师政治委员和他谈话时那慈爱的眼光，这些回忆就像一条条皮鞭打在他身上，他的脸暗暗发烧起来，额上冒着汗珠，——他想不开：难道我王春怕艰苦吗？ 1947 年出名残酷的四平攻坚战，两天两夜一粒米没入口，拿手捧着腥臭难闻带死人血的雨水喝，坐在死人旁边啃生洋芋，子弹在耳尖上嗖溜嗖溜，都没怕过；现在这热、这雨水、这蚊子，难道我就怕了吗？ 今天连队里进行了种种战前动员工作，下午全连军人大会上，指导员传达突击任务时，还表扬了老落后李凤桐。"难道，我也应该落在他屁股后头吗？"这样想着的时候，王春是那样不甘心，他伸手擦了擦干在下巴上的泪渍。现在给夜风一吹，他清醒了些，他决心在这次作战中搞点名堂出来，立功入党，他就去找指导员了。

当他望见指导员小屋内的灯光，正要走上去喊报告，忽然听见屋中有人说话，他停下来。先是指导员声音："同志，我相信你的话，只要你进步，在战场上再好好努力，哪一个会不拥护你入党。"后来讲话的声音，王春不听还好，一听心就咕咚一声沉下来，说话的原来不是旁人，而正是杨天豹："指导员！只要我能做一个光荣的共产党员，困难的任务你交给我吧！叫我抱着炸药往坦克底下钻，像董存瑞那样我也能干，指导员！"王春一听，浑身发汗，两眼冒火，两脚如同拴上了千斤铁石，咬紧牙使尽平生之力，他转过身飞快地跑向江边。

江边是漆黑的，江面也是黑沉沉一片。王春站在一块大石头上，江水好像就在脚下轰隆轰隆响，他忽然觉得江水好像会偷偷爬上来一扑就把他带走，他就愤愤地挟着枪，在江边上走来走去。当他孤孤单单一个人的时候，他渐渐又想到前面那无止境的炎热路途，忽然大声说："不，不能，——子弹打死我甘心，就是不能给太阳晒死。"他说完就钉在那里不动，他的思想的阴暗面又占了上风。他想起他们的副排长，晒得一下晕倒在地下，脸涨得像紫茄子一样，紧闭了眼睛。 他红头涨脸地跑到一家老百姓家里想借盆凉水，可是指手画脚讲了半天，那个女人怎样也听不懂，也讲不通。 他真火了，突然瞪起眼，举起拳头，可是这拳头举在半空中停止了，他一扭身跑出去。 那时他是那样想到东北，想念那风雪严寒到了宿营地，暖炕、大酱的气息，腌菜缸的味道，暖烘烘的老百姓问寒问暖，……

当他思想这样反复斗争的时候，突然江面上传来一种可怕的"哗啦——哗啦"的声响，他紧张地端起枪。 他在江面上发现有一团黑咕隆咚的东西，并且活动着，正在急速地向岸边冲。 他一发现，立刻大吃一惊，又不敢随便放枪，就大吼了一声："什么东西？"

那团黑影可怕地拍溅着水声，紧张、挣扎、喘着气，高声回答："啊，——我解放军的，——自己人呀！ ……"

原来那是一个人搬着一块木板从江水上漂了过来，王春谨慎地没有打枪，可是他依然警惕着，发狂地呼喝："站下，不准动！"

那人带着哗哗水声艰难地爬上岸站起来，举着两手喊叫："同志，——我是南面游击队派来的，——同志！ ……"

排长正要来查哨，猛然听到喊叫，就拎了匣枪先跑来了。 开罢会在附近树林露营的一个班战士也跳起来，哗地挺起刺刀围上来。 这时排长叫那人过来，那人说："同志，——听说你们要渡江了，——队上派我到这边来送消息，来了四五天了，好容易过来，同志，……快带我去看上级吧！ 同志！ ⋯⋯"他声音热情得发抖，一把紧紧抓着排长的手。 排长问："那面敌情怎样？""敌人很多很多——我一下山就给他们抓住了，让我整天整夜扛炮弹，扛粮食，一个当官的还问我：'共产党来了你跟不跟着他们杀我们？'我装傻，我说：'老爷！ 来不了，不都给你们揍死了吗？'他砰砰甩了我两个耳光，我就不作声，整天整夜帮他们扛，扛了四五天，他们不大注意我了，今晚上，我偷偷推了块门板，从天黑漂到现在，就在那大浪头上颠来簸去，几回都把我打下去了，我好容易浮到这边，⋯⋯"这个游击队员话很多，好像一瓶子东西，都塞在瓶口上堵着，他兴奋得不知道先说什么好。 排长叫王春跟他一道带这个湿淋淋的游击队员到连部去。

　　这时这动人听闻的消息马上传开啦，说江南有人来了，来接应我们过江，来欢迎我们过江了。 连长和指导员在小屋里招待了游击队员。 大家都纷纷跑来想看这从敌人那里偷跑出来、冒险渡江的人物。 战士立刻烧柴火给他烤衣服，有的送水壶，有的倒干粮，有的把衣服脱下来给他披上。 这个突然而来的人，在王春心中自然也引起很大变化，但他一声不响，当他们往营里去的时候，他悄悄问："那边怎样？"他想问那边是不是也这样苦，没房子，吃不上饭，晒太阳，可是游击队员伸手往南一指说："快去吧！ ——老百姓在受刑呀！ 流着血等你们呀。"这话给王春印象十分深刻，王春顺他手指向南岸看，发现不知何时在那一片黑沉沉的远岸上，忽然有一堆堆发亮的火光，不知是敌人用来壮胆还是用来熏蚊子的，正熊熊燃烧。

这时，师长正把两手垫在脑后仰卧在一只竹床上，突然仰起身喊政委："老梁！ 老梁！"半晌未得到回答。 疲劳的师政治委员睡着了。 陈兴才就一支接一支吸着烟。 往常打仗，他下了决心部署好以后，在电话机旁一倒，就睡着了，可是现在不行，——过长江了，中国历史上只有这一次，不是有人说历史上从来过江没有打胜仗的吗？ 可是现在是毛主席指挥："我们命令你们：奋勇前进"，我们的行动是可以改变历史的，因此他兴奋得无论如何睡不着了。 他大半时间是在用脑子检查计划，考虑渡江后各项可能发生的问题，同时也由于从沮河一线奔袭长江，他的马夫裹在炮兵一起，早掉到远远后方不知什么地方去了，因此他没有蚊帐，只好夜夜跟蚊子打架。 现在四下里一点声音没有，静极了，他想起两个月前一段事：那时兵团批准他在北京休养，因为天津作战后，他胃病突然严重发作起来。 可是那天他坐在收音机前屏声静气地听着广播，突然听到电台广播员先宣布了南京伪政府拒绝和平的消息，紧接着就宣布了毛主席、朱总司令南下渡江作战的命令："我们命令你们：奋勇前进，……"陈兴才立刻站起来。 那嘹亮的声音犹如翻江倒海、汹涌澎湃，它立刻像闪电一样震动了全中国人民，动员起来，同心协力，奔赴同一目标：最后消灭蒋匪残余。 陈兴才立刻写报告给上级，要求取消休假，他心里说："我血战十几年，哪一次不在最前面。"因为部队已从驻地南行，第二天下午他跑到火车站去搭火车赶部队，那时北京已暮色苍茫，突然有一种声音由远而近，从低而高，声音是很振奋人的，——警报声，警报声，它拉长了尾音在人民首都上空回旋。 这是进入战争的信号。 很多人挤着碰着从他身边跑过去。 他没有躲避，他站在绿色列车旁仰望天空。 半个钟点后列车开了，向东南奔驰，不久就把万家灯火的北京抛在后面了。 一路上不分日夜，无数列火车、弹药、炮兵，插着飘飘动人的红旗，各野战部队后勤机关，卫生医院，一列列向南开，向南开，……战争中烧毁了的津浦路车站，现在搭了临时小泥土屋，站长忙碌地打着红绿旗，一列列火车向南开，向南开，带着轰轰响的歌声向南开，……他在德州下车，经过一段艰难泥途，在黄河平原上找到自己部队。 现在他的脑子里鲜明而迅速地回想着这一切的时候，他深深感到：每一种伟大行动实际上都是不知经过多少艰难困苦的，他看见战士瘦了，脸色发黄了，在烈日下晕倒，淋着雨露营，——但大家都勇往直前……这时蚊声如雷，他也无法入睡，他一闭上眼，眼前就出现波涛汹涌的大江，……"今夜要渡江！"这是毛主席的命令，执行这个命令绝不允许有半点差错，他突然从床上爬起来，他穿过黑沉沉竹林，爬上前面山冈，他在一片漆黑中也看见江南岸敌阵地上一堆堆熊熊的火焰。 突然他听见小屋那里传来丁零的电话铃声，他赶紧往回跑。 原来正是营部报告江南游击队派人来联络的消息，他迅速回答："马上送他到师部来！"他兴奋地一把捣醒了政治委员喊着："老梁，有办法了。江南派人来了，他们知道我们来了！他们知道我们来了！"

梁宾欢喜地天真地微笑着，站起高大身躯，低下头看手腕上那绿色荧然的夜光表，时间在前进，时间在向决定的一刻前进……

师长和政委热诚地欢迎了游击队员，梁宾跟他握手有五分钟之久，问他叫什么，他说："我叫魏金龙。"政委称赞这个游击队员是一个伟大的冒险家。他被敌人抓去送弹药的时候，他看清敌人大部分工事配备情况。他把这珍贵的情报报告给师长，然后他就弯身在烛光照不到的黑暗里，找个草堆，疲劳地睡着了。

师长在电话筒里下达了最后几道渡江命令，——这种时候，他眼光发亮，动作敏捷而果敢，话语都是简短有力的。最后他扭转身子找游击队员，但这个农民太疲乏了，五天五夜，赶二百多里地，又浮过天险长江，他睡熟了。师长犹疑了一下子，终于还是摇醒他："我们要渡江了！"游击队员魏金龙一跳起来就勇敢地说："在哪里？在哪里？"他们相偕走出去。这时政治委员梁宾已经在他们前面朝江边走去了。

第五章　夜袭天险长江

夜间十一点钟，云散月出，江上闪着白光。

在港汊的芦苇丛中，指导员李春合做最后一次火线上的动员："我们上船要快！坐船要稳！登岸要猛！——哪里有敌人打到哪里去！……有一个人打一个人！只有前进没有后退！——同志们！是毛主席亲自下命令渡江作战，是毛主席亲自等候我们渡江的消息。同志们！最后地消灭敌人的时候到了！"

他的一字一句这时都具有特别鼓舞力量，燃起每个战士心中的火焰，王春也暗自下着决心。

时间到了。他们由芦苇丛中看见连长闪动着发白的衣服，他带着一个人走过来。他们赶紧从嘴上拔下烟头，喊喳喊喳地用鞋底踏灭了它，站起来。他们跟上去，踏着潮湿的野草往岸脚走去。小河汊静而发白，蚊虫在低湿之地，像一团团烟雾，滚来滚去，粘在人脸上刺疼着。好看的萤火虫，缓缓地发着幽暗的蓝光，飘忽不定。师长和政治委员出现了，空气立刻不同地严肃起来，他们下了渡江的号令。王春记得从 1947 年四平担任突击任务以来，师首长是第一次亲自到突击连来。他们到来用不着再说话，只那默默的目送，在火线上就会变化成为巨大的力量。师首长的到来，在王春心理上更引起不平常的反应，他听见连长和指导员果决地说："首长放心，坚决完成任务！"那声音就好像从他王春心里发出一样。他们敬礼了，转过身了，命令各排按已经编排的序列登船。

上船时，王春忽然发现机枪射手李凤桐刚刚在芦苇丛中还倒在地下打摆子，浑身哆嗦成一团，牙关碰得哒哒响，现在一听连长命令，一下跳起来，额头上汗珠淋漓。今天他擦了一天机枪，——他骂着，埋怨着副射手把他的枪用坏了，现在他自己抱着往前面挤，想站到船头上去。王春突然觉得不能让一个病人在前面，他就拉着李凤桐的胳膊，他说："老李，你是射手，要打先打坏我，也不能先打坏你。"自己就跨上船，船在脚下剧烈地摇摆着，但他怕被别人抢去位置，就一直扑向船头。当船穿过小河汊摆向江边的时候，——王春觉得耳根后有人喷着热气，回头一看，不是别人，正是江南游击队员老魏。同时他听见杨天豹在和小战士陈大生喊喊喳喳："小陈，不要说南方不好，过了江你看吧！"这话王春听了自然不舒服，不过事情进展很快，船已悄悄拢齐，就摆开了一条线向江南前进了。

这时，月光不断在波涛上闪亮，船在江上如同几根短粗的黑木片迅速漂行。

师长陈兴才和师政委梁宾，团长陈勇，团政委蔡锦生一齐站在江边石块上，紧张地望着前面，——前面一片月光和远方的黑暗联结一片，不知南岸在何处，只有那几团火焰像烛光一样发着红光，在江面拖着长长的倒影……

船渐行渐远，听不见船桨划水声了。陈兴才用自己目光测验敌人在多远距离内能发现他们。梁宾的目力稍差，在波光变幻中，他说："老陈，看不见！"师长眼中的六只船却还历历可数，因此他没回答政委的话，只是咬着牙齿一声不响。 这时将近午夜，月亮更以无比清辉直临高空。 现在时间过得是这样慢，江北岸各营各连的船只都等在岸边，被江水轻轻地簸动着。 船上、岸上千万人的眼睛，在这同一时间都向着这天险长江遥望，等候这六只木船创造英雄的奇迹。 梁宾是乐观的，他从一开始就支持师长的决心，并且坚信这一连可以完成任务。 上午在营以上干部会上，他举出红军长征时代十八勇士过大渡河的英雄事迹，号召发扬红军光荣传统。 事实上，愈接近江南，这种传统的观念，在我们干部与战士中就愈明显，愈坚强，好像每个人都要跟过去那些英雄比一比。 现在他们都等候六只木船发出胜利信号。

六只船拉成一条线，正与江心汹涌急流和陡然而来的江风搏战。 船像跷跷板一样，一下这头升上去，一下那头升上去，一下又落下来，——落下来，……浪花就向上跳，拂卷过人们头顶，哗地把水浇湿每人的衣服，水永远像雾一样包围着他们，战士们紧紧拉着手，谁也不动一动。 船似乎停止不前了，只在江心急流上荡来荡去。 大家前后望着，后面一点什么也看不见了，前面那几团红火光忽高忽低，……突然，有一只船抛开其余的船，轻快地前进了，——前进了。 然后一只，又一只，每只船挣扎着穿过了大江，穿过了波浪了。 现在距江南岸，只有全江面的三分之一的距离了。 船平稳地划行，但有两只船超过别的船冲向前头去，那就是连长秦得贵亲自领导的突击船和另一只船。 稍后一点占第三位是指导员李春合领导的船。 这三只船上的长桨和每个战士手上的小木桨，如同翅膀一样在水上翻动着，破浪前行。 江岸的火光愈来愈矗立、鲜明。 船上的人清楚地看见那跳荡的火焰和急烈吹动的浓烟，甚至敌军士兵走来走去的幢幢黑影。战士的心都紧张起来，肌肉都坚硬作一团，他们想只有立刻扑过去，实际是到了最危险的地方了，月光下早就应该被发现了，但岸上竟一丝动静没有。 距离在可怕地缩短：五百米，四百米，现在只有三百米了。……

突然，火光熄灭了。 骤然之间，船上的人就如同脱得赤条条地站在众人面前一样，月色那样可怕的明亮，人们紧张地停止了呼吸。

机关枪一片流火似的从岸上朝江面上扫，就如同红热的熔铁倒出来，无数千万火星刺刺跳起，进落。 小船在火网下就像在熔液中翻滚的黑铁片。 西侧敌人主要炮兵阵地也盲目发炮了，轰隆轰隆响着，那唏唏的吓人的巨型炮弹拖着一条条长尾巴似的叫啸，但都落向远处去了。 江水上映出各种火光，子弹"嗤""嗤"地打在船帮上，打在船舱里。

担任突击任务的第一船，冒着弹雨照旧前进。 突然第二船的长胡子老水手中了子弹倒在战士的怀里，船失去掌握，立刻可怕地倾斜着在急流中间乱转起来，——战士们慌乱了。 这时，第三船赶上来，炮弹在它四周冲起黑烟囱似的水柱。 这是千钧一发的一刻。 突然间所有的人听到从第三船上发出高叫的声音："同志们，我们是共产党的部队呀！"

这是指导员李春合的声音，仿佛这声音可以改变一切客观情况。 在急流中乱转，眼看要打翻的船上，忽然有一个战士粗鲁地骂着，从人身上爬过去抓着舵把子，喊叫："划呀！ ——划呀！"战士们一下被提醒似的都奋力划动手中木桨。 但是一颗子弹又把把舵战士的手打穿了，血流到舵把上，他"哎呀"了一声，但咬牙拼命坚持，却掌不住这船。正在这危险关头，忽然那个长胡须的老水手，从人脚底下爬出来，月光照着他满脸黑糊糊的血迹，但是他一扑过来，就扑在舵把上，他把整个疼得震动的身子压在舵把上，跟那汹涌有力的江流奋战，江浪顽强地想把船往下冲激，他却掌住舵来借着水力，纠正着方向。 他回过头瞪着眼向战士们喊："同志们！ ——准备干呀！ ……"这船于是又从危急关头上冲了出来，又在弹火纷飞下前进，他们望见了前面那只突击船，它还是骄傲地在火星包围中顽强地冲进。

突击船终于向江岸迫近了，黑色的江岸上的工事都看清楚了，还有五十米远了，它已成为敌人火力集中的目标。

王春伏在船头准备第一个跳上岸。 突然射手李凤桐直立了起来，把轻机枪端在手上，震动着，咬着牙向岸上发射。

连长秦得贵喊了声："共产党员跟我来呀！"把匣枪往上一举，喊了这一声从王春身上跳过去，就扑通一声跳进江水里去了。 江水不知多深多浅，只是一片墨蓝色。 王春不假思索也紧跟着跳下去。 战士们都立刻放弃了船，一落进江里，水就一直淹到胸口上来，水的浮力非常大，他们好几次几乎被冲倒，又挣扎起来了。 王春看见了游击队员老魏，又忽然看见杨天豹，他们都十分骁勇，毫不畏惧，挺着身子，向两旁展开两手，平衡着身子，走在前面，他们就这样很快地从水中接近了江岸。秦得贵看见迎面一处刺刺喷火花的机枪，他想应该先消灭它才有利于登陆，他就一面蹚水，一面向着目标，一连气扔了三颗手榴弹，火花，轰隆——轰隆，眼前一片耀眼的明亮。王春一只手举着一颗醋瓶式的手榴弹，但不知什么缘故，他却没有投出去，好像来不及停止，他就举着手榴弹一扑扑上岸去了。

第三船在十七米的远距离，却给一颗六〇炮弹打中了，左舷上急速地冲进水来，没等人们做任何动作，第二颗炮弹又把船尾打得粉碎，船可怕地向急流里沉下去。炮弹爆炸时，每个战士都给碎片打伤了。指导员李春合猛喊："同志们，我们要像老虎一样，浮也浮上岸去呀！"他首先跳进江，他觉得江水在向下打他，他只有一个志愿："浮起来！"他们在汉水练习渡江，都学过游水，他就拼命挥动两手两脚，打着浪花，向前浮了几步。他从水中喷着气，拨转头一看，大部分带伤的勇士都跟在他后面浮着。他就更迅速地打着水，水浪正以巨大力量向岸上扑，水的浮力就正好把他像一块浮木一样地抛到接近岸边的浅水地方。

李春合仰起头，面前一片爆炸引起的火花，正在熊熊燃烧，矗立空中，像展开一片红布。显然第一船、第二船的同志们都在连长率领下前进，已勇猛突破敌人阵地向纵深发展了。李春合用了极大力量，但不知为什么这样没有力气，三四次，才抓到搁浅岸边的一只木船，——他伸起上半身，他忽然在火光下看见那船舱里仰卧着一个人，这正是那长着长胡子的、今早黎明时分自动带了六只木船来的老水手，现在他死了。 他的表情是那样安详而庄严，火光像树影一样在他脸上突突跳着，他一只手长长地挂在船边，浸在水里。 在这很短促的几秒钟里，李春合突然把肩膀扑到这老人胸口上。但立即发现自己腿上火烧一样疼痛，他心知自己负伤了。 但一仰头，看见规定好了的一连串七颗光华灿烂的照明弹升上天空，闪着惊人的白光，通知全军偷袭天险长江已经成功了。 他一见，马上跳起来，最后两只船正拢岸，他听见背后激荡的水声、跑步声。 他回头喊："上啊！ ——突击班突破阵地了，插进去呀，猛打猛拼消灭敌人呀！"他立即从倒在脚边一个牺牲了的勇士手里抢过一支上了刺刀的步枪，跑进烟火中去。

在北岸黑暗中屏声静气的师长陈兴才，当他看见几团火光突然熄灭，他立刻警觉地判断：敌人发现了偷渡的船只。他立刻命令第二梯队出动，支援突击连，突击连万一不能奏效，第二梯队就应冒火力封锁冲上去。 他自己顺着岸边跑，……果然，南岸打响了，敌人燃烧的火光熄灭了，弹光一闪一闪，真正战争的火焰却燃烧起来了。 他跳上第二梯队的船，渡江，这时南岸上空照明弹亮了。

六只木船深夜冒着汹涌波涛，偷袭长江南岸敌人险要阵地成功了。 突击连首先猛扑解决敌人一个班，夺下机枪，占领了滩头阵地。 二十分钟后，六〇炮、迫击炮，开始从这里掩护步兵，一举冲上乱石岩高地。 从十二点钟到黎明，他们正面打下敌人非常凶猛的三次反击，同时七连就急急沿江涉水，出奇制胜，一下冲向敌人江防工事中主要炮兵阵地，封锁敌人南退过江的通道。 敌人炮兵还没发觉，还盲目地在黎明闪光中向江北、向江心发射，可是他们已落到口袋里了。

清晨，太阳出现，一层鲜艳的红光胭脂样反映在江水上、岸上、树上，柔和而明亮。 政治委员梁宾向夜来激战过的山冈上走去。 那里有无数爆炸出来的洞穴，像发生过地震，有的洞穴上还留有黄色硫黄痕印，蜿蜒的战壕里外堆着敌兵尸体，……他忽然停着，他看见一个自己的勇士和一个敌人紧紧抱在一起牺牲了，看样子先经过激烈的赤手搏斗。牺牲者身边遗留下一支步枪，政委仔细看的就是那把刺刀，这刺刀已折断，上面沾着斑斑血渍。 他端详了半天，就弯下身拿起这半截刺刀，昂着头继续向前走，朝群山掩映的、闪着阳光的远处走。

第六章　贺龙的红军战士

部队渡江以后，敌人就顺了西侧山脉逃窜，我们紧紧追赶上去，很快地就逼近了敌人。 这里四面是丛山密林，面前山涧中哗哗地流着不易超越的急湍，河的那面就是龙溪场，一部分数目不清的敌人停留在场上。 师长亲自来了解情况，下达作战任务后就回去了。 部队以战斗姿态在密林中隐蔽待命，团的指挥所设在一个山坳的小草房里。 从长江以北开始追击，这九日夜，他们头一次像正规作战找了指挥所的房间，摆开了摊子。 不过团长和团政治委员似乎都不欢喜四参谋苦心安置的小屋，进去转了一圈，就出来走到前边小山上来了，这里有树，从树下正好用望远镜把面前一切一览无余。

团长陈勇是一个年轻英俊的中级干部，在任何情况下他都保持着参谋人员出身的整洁，军衣洗成淡绿色，在他身上是那样调和、悦目。 团政委蔡锦生是抗战初期的中学生，嘴巴上的一撮胡子，由于行军、作战，简直没时间剃，已经长起来了。 这两个人从山东搞游击队起就在一道，陈勇当连长，蔡锦生当指导员，这种关系一直维持到现在，在那无数次烽火连天的战争年代里，他们结成了深厚的友谊。 这时，忽然二营俘获了敌方一个传令兵，据他供称：敌人认为我们来不了这么快，就在龙溪场集中，由一个少将司令官指挥着，传令兵就是给他四下寻觅鸡鸭下饭才被捕的。 蔡锦生从笔记本上撕下一张纸，把这消息写成通报，果然全军振奋起来，本来不能动了的，也跳起来要求马上攻击。 战士们是这样渴望打仗，而不愿再这样长期追击了。 不过马上攻击是不可能的，团需要调查清楚攻击的道路，要在敌人发觉前完成包围圈，才能一网打尽。 为了这事，团长把参谋都派遣出去，直接掌握（充当）侦察员去侦察地形了。

眼看着侦察参谋们背影不见了，现在忽然有了这么一段空闲时间，可是陈勇和蔡锦生却不想睡觉，蔡锦生躺在草地上说："伙计！ 把这一仗打好就顺利进入湖南了！"陈勇说："湖南是咱们师长的家乡。""不只，也是咱们毛主席的家乡啊，进入湖南的时候，我们的记者应该好好发个电报报道报道呀！""可是，……"陈勇没说下去。

蔡锦生早已会意团长是在讲"前途"问题，战争眼看就要结束了，部队里的人时常想到这么一个问题，这种个人考虑似乎是多余的，不过人们却常常考虑着。 他们两个人当着人不讲，只剩两人面对面时，倒也常常说起，他们似乎考虑过多种方案，最后结论一致的是坚决干国防军。 他们觉得只有这是他们的无上光荣。 蔡锦生时常故意说："我从苏联一篇小说里看到写边防军挺带劲，……"他知道团长顶不喜欢听别人讲小说上的话。 这时团长就接过去说："老蔡！ 我不能干别的，只要中国还有军队，我就不能离开它，我不会干旁的，伙计！ 拿一辈子枪杆子吧！ ——你想，不少的同志牺牲了，咱们还活着，咱们不干谁干？！ 打了多少年，打到今天人民有了幸福，咱们就得好好保卫这幸福，谁敢动一动咱就干掉他！"蔡锦生望着树顶，他记起他从前当了三个月宣教科长，那时师宣传队队员小沈，一个脸孔红得像苹果似的孩子，常常拉着手风琴唱："驻守边疆卫国的战士，怀念着那天真的姑娘。"这是苏联卫国战争时期流行的叫作《喀秋莎》的歌子。 陈勇把烟屁股扔掉。 蔡锦生猛地记起什么，一翻身坐起来，爬在草地上研究情况。陈勇继续躺在草地上，沉默地在思索什么。

正在这时，二营的通信员又满头汗水淋漓地跑来了。蔡锦生爱开玩笑就叫他："小胡！你又弄来一个抓小鸡的吗？"不对，这一回是一个头发斑白，目光炯炯，左臂折断，空袖筒静静垂在身边，令人一见就肃然起敬的老农民。

团首长都站起来了。这个老农民就热情地自我介绍："同志！——我就是龙溪场跟前的人，我给七十九军抓到这儿来扛炮弹的。你们是去消灭蒋介石白军吗？那好得很，我恨不能立刻把这些家伙消灭（他把牙咬得咯吱咯吱响），走！同志！我给你们当向导，不会错。"

蔡锦生说："老大爷！我们人民解放军，要不是为了消灭敌人，不敢劳动你家！"他学着不大像的湖北话，那老农民听了把眉毛一耸："哪里话，同志！——我们是自家人。来！（他拉着政委手膀子，指着前面）我告诉你，敌人集中龙溪场估摸有千把人。这条河叫五指河，龙溪场四面八方有四条关口。正面叫翠石岩，我们要涉渡这河往上攻是正路，敌人火力一压，可不易！南边叫杠桥，北面叫红岩头，东边叫孟庄，可是都不行！同志！——依我，咱们四面八方都不走，……"这个老农民指手画脚谈这一带地形，真是了如指掌，这让陈勇和蔡锦生十分的振奋。他一面讲，陈勇和蔡锦生就举起望远镜仔细观察，果然在他所指之处发现密布着敌方的隐蔽哨，还有机枪巢和临时地堡。

陈勇把望远镜放下和政委交换意见："看样子主要山隘都有敌人把守，我们正面攻击，龙溪场的敌人就会逃跑，——来个平推，又演成追击战！……"他们坚决地一定要抓牢、吃掉，无论如何不能再让敌人逃跑了。经一再研究之后，陈勇提出从西北方向上迂回敌人的意图。

这意图马上得到老向导的赞许，他把手往腿上一拍连声说"对，对"，得意地点着头，"咱们四面八方都不走，单走这一条！"于是他就说出下面这万山丛中一条道路来。他一面说，蔡锦生一面记，陈勇一面查地图。蔡锦生记完了把笔一摞，怎样也压不下去脸上的欢悦，因为这人讲的连地图上都没有，那不是人走的路，那简直是鸟飞的路，更使他非常佩服的是这个老年人卓越的见解，丰富的知识。末了，这个老向导哈哈笑着说："这是奇兵，同志！一定成功！"

这时，这树底下立刻出现了动人的场面。当这老人讲话时侦察排的人们都陆续回来。时已下午，他们是茫无所获。老百姓说这里有句俗话叫"铁打的龙溪场，钢铸的翠石岩"，因此大家情绪恶劣，抬不起头，可是站在这里听这老人一席话，面前的绝棋都变成了活棋了。他的话一说完，政委就跳起来跟他拉手说："你是人民解放军的好向导，好参谋，好军师。"通信员们立刻送纸烟，划火柴，侦察排长赶紧把自己顶好的干粮拿出来送给他吃。他被年轻人包围着，一只手应接不暇地哈哈大笑，他突然变得那样年轻，他像是这部队里的老同志，又像是这群青年人的老父亲。小屋里电话铃丁零丁零响着，陈勇通过电话向师首长做了报告，师首长立刻批准了团的作战部署。陈勇讲完电话从树林里经过，他看见大批战士倒在草地上酣睡，他从心里洋溢着喜悦，由他们身旁走过，脚步比平时落得特别轻些，唯恐惊醒他们。当他看见那一群人围拢了那个老向导的时候，蔡锦生突然迎上来一把抓着他的手说："老陈，给你介绍，贺龙的红军战士黄老同志！"他指的不是旁人，就是这位白发森然、目光闪闪的断臂老人。

原来政治委员从一开头就怀疑：这个老人家对于军事为什么有如此丰富的知识啊？这老人在年轻人包围下也就讲出了自己的身世。开头他问：

"贺龙还在吗？还是那样胖胖的笑眯眯的吗？"

"在，在，我们的贺老总，现在我们都叫他贺老总，……"老人脸上一刹那间闪出欢喜神色，可是突然两眼湿润了，半晌没说出话。

大家就追问他："你在哪儿看见了贺龙？"

老人指指这山林说："贺龙的红军来到我们家里，土豪劣绅打倒在地，我迎着贺龙，他亲自把粮食分我手里，……

蔡锦生发现他两眼有点湿润，自己心里也不禁有点感伤，就去拉着他手。老人倒挥挥手说：

"后来，——这话有十几年了，贺龙离开了这里，临去他捎封信给我们，叮嘱我们：好好坚持游击战争，……中国人民一定会胜利，工农红军一定会回来的。——你们看那座大山！"战士们都随他那只独臂，肃然望着几重山峦后面一座黑森森的高峰。

"我们就在这黄龙山坚持游击战争，——从五百人打到二十五个人，三年没吃过热锅饭，没住过暖和房，就在树林里露营，——有人偷偷告诉我们说红军在大渡河被消灭得干干净净了，又有人说红军已经走远了，怕永远来不了了，……我们想着贺龙临走留的话，多么苦也不能屈服，就算红军完了，那时我们也说过：中国只要有穷人就能生出红军！"这时他的白发耸立，两眼闪光，好像回到了当年的艰苦斗争中："同志！你们不会懂得我们的心，戴了红帽子的人再不能戴白帽子，誓死死在黄龙山上，这是咱们红区最后一块土。二十八年那一年下暴雨，把山上一搂粗大树都连根拔扔到山根脚下，我们四天四夜没米粒粘牙，有一夜我们背了枪下山，摸到庄子上。这一带的人都知道贺龙的红军还在山上，小娃儿都会伸着手指头说：'红军爹爹要来的！'半夜了，我们敲开老孙的门，在灶头拢把火烘衣裳，胡乱吃口蚕豆，准备天亮前带些粮上山。老孙在咱们贫农团当过团员，他披上蓑衣去四处抬米。谁知道，有个嫖赌不成材的丁癞子叛变出卖了革命，——天还漆黑，我们脱了裤子装米，正装着装着的时候枪叫响了，我们二十五个人在村子上团团转打了一场血战。白军人多，把我们压到两面涨水的河滩中间，——我们死的死了，伤的伤了，从村里到河边淌的都是血沫子。末了你抱我，我抱你，——天眼看就亮了，我记得

我们倒下了还举手唱着红军的歌子。"老人说着就低声唱起
来：

> 红色战士们，
> 请你莫忘记，
> 参加革命
> 为国又为阶级，
> 思念起许多的
> 英勇同志。
> 流到最后一滴血，
> 拼到最后一滴血
> ……

　　大家都紧张而沉默地望着他，他轻轻摇着头上的白发低
声说："白军当我们都死光，就埋了，——老百姓又把我们挖
出来，只我还留下一口气，黄龙山的红军就这样给敌人消灭
了。"

　　他谈到这里停住，四周鸦雀无声，这一段悲惨的斗争历
史，是这样深入人心。 他突然抬起头，有一串泪珠扑簌簌落
下来，他说："今天，看到你们，死了也闭得上眼了，总算对
得起党，对得起贺……贺老总了，——我，二十多年这顶土
匪帽子今天算是摘掉了。"

　　"贺龙的红军战士"，这消息很快传遍全团。 蔡锦生从

电话里把这消息报告给师首长。 不久，师政治委员梁宾就出现在团部门口，他服装经过洗换十分齐整，他如同看见老朋友一样和这个老红军会面。 会面时，政委一把抱着老黄，半天说不出一句话，后来他们谈这谈那，一直说到下午。 他好像今天非常清闲，只当师部连来两次电话催他马上回去，他才走了。 他临走拉着蔡锦生的胳膊悄悄说："同志！ 好好保护他，好好保护他呀！"

当漆黑的夜晚，突击部队在羊肠小道上前进时，都在想——十几年前，我们自己的队伍在这里走过，他们战胜过敌人，……

老向导走在最前面，他身后就是团长，团长亲自掌握一个营的兵力执行侧后袭击。 他们爬上五里高的阎王坡，折入万木丛生的朝天宫，这都是些杳无人迹的地方，根本没有路，只在荆棘里走。 现在在龙溪场也只有老向导他一个人，还能从乱草丛生的山谷中辨别方向，认出路径。 天也是一片漆黑，谁也无法知道走在哪里，有时听到脚下就是翻滚奔腾的水声，有时又只听见头上小鸟微微的睡语，有时只有萤火虫在各处飘忽不定，有时又看见敌人在隘路口烧的熊熊火光。 有几次，当老向导做手势时，一个个都紧趴在草棵子里肚子贴地一点一点地爬，那时他们就在敌人哨兵目力所及的范围之内悄悄爬了过去。 最后他们停止了，老向导兴奋地站起来折转身拉紧陈团长的手，指着前面。 陈团长看见左侧四五百米地方有火光，朦胧地照出黑色房屋轮廓，他仔细听，听见敌方哨兵睡熟的鼾声。 这以后的五分钟是最紧张的决定性的时间。"突——突——突"三颗照明弹打上高空，像三盏银灯灿烂夺目，战斗在平静夜空下突然爆发了。 正面的部队在信号弹一明的时候，就涉渡五指河，向翠石岩发动猛烈的攻击，迫击炮、六○炮炮弹呼啸着从河北山冈上发射。 各处是喊叫声、机枪声，突然从四面八方袭击，在敌人精神上起了极大的恐怖作用，一处草堆突然放出冲天的火光，我们的人已经进了龙溪场，那红光望在眼里是十分怕人的。 战斗在天明以前平静下来，最后的枪声响了几下，也就一切归于寂静，全部敌人一网打尽。

早晨，在龙溪场一间房子里，一个人垂头立在陈团长面前，这是一营从乱草堆里找出来的敌人少将司令官，一个肥胖臃肿的人。 他两手拿着帽子放在胸前，鞠着躬，嘴里叽里咕噜着："请原谅！ ——请原谅！"陈团长两眼严厉地望着他。

突然，蔡锦生带着老红军出现了。 蔡政委叫人把缴获的大米和衣服送给他做慰劳品。 他笑了笑把那许多东西一件件搁在肩膀上说："我不说谢，——这是自家人给的，家里还有四口人吃不上饭呢！"

陈团长和蔡政委留不住他，就都出来送行。 战士们从刚刚熄灭的火堆旁边纷纷走过来看老红军。 他这时两眼充满兴奋、愉悦的光彩，显得那样慈祥、和蔼，环视着大家，他不让他们送他，他一把拉着蔡政委的手说："同志！ 我看我们队伍壮大了真高兴，我老了不能跟上你们，你们前进吧！"他停顿一阵，又紧握了一下政委的手，叮咛道："要看见贺龙，就说我们都想他，……"战士，通信员，参谋，马夫和炊事员听说他走都跑出来，临别都尊敬地对他行军礼，恋恋不舍，望着他走远的背影，政治委员梁宾站在他们中间，对走远了的人扬着手。

第七章　水深火热

当部队在湖北、湖南边界上不停前进的时候，在这里我们还需要讲一讲游击队员魏金龙。在偷袭长江成功之后，那天晚上，师政治委员梁宾找他去谈话，交给他一项任务，叫他回去快快联络各处游击队，当部队进入湖南边境时，好好发动群众，配合作战。他接受这项紧急任务之后，就不分日夜，顺着虎渡河，从公安进入湖南去找他的游击队了。

湘西是敌人统治最残酷的地方，特别最近一年以来，老百姓简直无法活下去了。蒋介石想一手抓牢这地方，白崇禧更想把它留做他从湖南退走的后路，他说："没有湘西就占不住长沙。"最近白崇禧、宋希濂在常德开会，就是为了死守湘西。眼看解放军已到江北，随时都可渡江，他们决定的是广泛布置特务、网罗土匪、反动军队和反动地主武装结合在一起，来进行镇压、血腥屠杀。这些日子以来，每到夜晚，乡村里远远近近到处一片悲惨的哭声。小草房顶下不知吊着多少农民，暗凄凄的灯光照着他们满是血印子的脸，敌人向他们勒索金钱粮米，不是鞭打，就是活埋，到处流着人民的鲜血。　五月里解放军解放了武汉，不久，在农村中间就纷纷传播着一条不知从哪里来的、令人兴奋的消息："毛主席下命令，叫咱们——武装起来！"这消息一来，四乡农村立刻紧张不安起来。　斗争已到了公开尖锐对立的时候，长胡子的人偷偷对青年人讲毛主席的故事，在秋收暴动的时候，毛主席怎样领导革命，……这几夜，国民党特务土匪的鞭子雨点一样往农民头上落，他们知道他们的末日就要来了，他们头上流着汗，狂暴地挥着鞭子。　第二天天亮，山边草塘里却常常发现死尸，死的不是普通农民，恰恰是夜晚挥舞鞭子的那些家伙。　经过1927年大革命暴风雨的地方，现在从脚底下又旋动着新的暴风雨了。　6月26日这一天，突然不知从哪里传来：人民解放军从华容渡江了，敌人长江防线崩溃了。

　　这一夜，乡村里连一盏灯火都没有，有三个农民和一个穿白衫子的人在池塘边树林里开秘密会议。　半夜里，一下子就暴动起来了。　暴动像火一样从这个乡村到那个乡村点着啦，无数农民砸烂了乡公所，下了自卫队的枪，有的往东走，有的往西走，呐喊着，袭击着各处较大的乡镇。　可是6月26日这一天，华容江面平静无事，所谓解放军过江，实际只是个讹传。　国民党的报纸上惊惶登载着："湘西十万暴动。"宋希濂从各处抽调军队来，向农民武装作战。　暴动起来的农民们有的插了枪，大部分都向着山林茂密的湖沼地带退却了。国民党军队追击他们，他们三天三夜不吃饭，不睡觉，进入了棠岗山。这棠岗山三面是山一面是湖，大伙儿走到这里再也不能走了，一个个两脚肿得像两根棒槌，他们纷纷喧嚷就在这里跟敌人拼个死活，大家都枕着枪睡在地下，可是这儿白茫茫一片大湖，没有粮食，也没有弹药，……

这节骨眼上，那个穿白衫子的出现了，大伙儿只知道他是城里学校的教员老吕，同情庄稼人一起参加暴动的。现在他出现倒不是为了领着大伙儿死干，他是说服大伙不应白白牺牲，应当活下去跟敌人做斗争，配合大部队过江，解放苦难的湘西。他到处讲："大部队——几天就会过江来呀！"他这种主张，开始得不到谁的理会，后来有一部分人听信了，大伙儿跟上说："要干干到底吧！"最后，他们决定棠岗山也不应当放弃，出去要是不成功，总还有个老底儿呀，就留下百十个武装坚持棠岗山地区，绝大多数在这一夜晚工夫都把枪藏在船舱底下，分作无数股子，顺着河汊水沟跳出了棠岗山，转回头又往北插去啦。

第二天中午，枪响了，国民党的扫荡队真的就集中来扑棠岗山了。坚持棠岗山的游击队节节抵抗，从湖上退到山上，背后是悬崖绝壁，面前是敌人十二挺机枪喷着火。他们不暴露出来，只是隐蔽在树林底下打枪，敌人机枪子弹把小树都砍断啦，树叶子哗啦啦落下来，最后晚霞明亮的时候，游击队的子弹打光了，人也伤亡了一大半。

　　带队的分队长叫崔玉玺，他爹给特务毒打死的。他有满腔仇恨，可是没有打游击的经验。这时候，他叫着游击队员的名儿喊："我们冲出去呀！——到洪梦乡去找老吕呀！"

　　第一个就没跑过去，撂倒了。崔玉玺第二个跳起来，当他激烈地跑着冲过一段火网的时候，给敌人打中了，腿一弯就跌在山岩上，头耷拉下去滴着鲜血，……

　　游击队员们从树林里望着牺牲了的伙伴，都咬着牙。他们记得6月26日第二天早晨，在河边上缴国民党军一排人的枪，就是崔玉玺不顾性命扑上去，敌人一排子机枪嗖嗖地从他脑瓜顶上掀过去，他却跳过去跟敌人机枪射手扭在地下，后来大伙儿扑上去救了他，他的胳膊腕子给咬得鲜血淋淋。现在他死在眼前，看起来棠岗山是不易坚持了。他们藏在草棵子里不动弹，天黑下来，敌人也不敢搜山，一直等到夜半，他们以沉痛心情把一支一支流血牺牲换来的枪从悬崖上砸碎扔下去，那一阵子都落了眼泪，他们一个人一堆儿两个人一伙儿，蝎虎子一样爬过封锁线，从小河汊子里偷偷凫水逃走了，去北面找老吕了。

　　棠岗山失败的消息带到游击队里来，老吕说："我们光靠地形不成，我们要依靠的是老百姓，你看，棠岗山虽说好，没老百姓也坚持不下来！"从这时起，老吕说话谁都相信。他也就对大伙儿公开了他是中国共产党党员，队上就把他推选做游击队的政治委员。从此游击队日日夜夜飘忽不定，出没无常。他们一方面等待派到江边上打探消息的魏金龙回来；一方面四处袭击敌人辎重队，烧毁敌人仓库，偷窃敌人的枪支弹药。 敌人恨透了这拨子人，派队伍追赶着搜剿，可是老百姓却欢迎他们，到哪里，哪里就围起来送粮送水。 游击队夜晚就召集农民开会，讲毛主席渡江作战的命令，讲人民解放军的胜利，到处流传着一句话："天快要亮了，——起来斗争呀！"一转眼二十多天，敌人怕他们，老百姓爱他们，枪声到处响着、响着。

这天天亮前，他们宿营在才溪场。 半晌午，忽然来了情报，说搜剿队距离这里没有十里路了。

在小屋里开了五分钟会议，游击队决定隐蔽地跳到敌人后方去，叫敌人扑空，他们就正好趁机会冲到湘鄂边界大道上进行一次大规模袭击。

一部分队员把枪藏在船底下，早就顺着弯弯拐拐的各条小河偷偷划走了。

老吕在一片大竹林里，最后指挥埋藏带不走的枪械与弹药，弹药是他们的生命，要坚持斗争就得坚壁弹药。 时间一秒钟一秒钟地过着，突然一个四十上下年纪的农民跑进来，老吕一看不是旁人，是游击队的地方关系阎达三，现在他满头热汗，抓着老吕两手，急得跳着脚说："老吕，来啦！ 快走吧！ 这里交给我，——我不能对不住你。"这话说得真有分量。"啪啪"的枪声在不远的地方清脆地响了两下，敌人来到了。 老吕无限深情地紧紧拉了拉阎达三的手，他跑到河边把船推动，跳上去，最后撤退了。

国民党军队从大路进了才溪场，他们一来就凶恶地把所有的人都赶到屋里去，开始了大搜查。 村庄上立刻一片叫响，小孩哭，妇女喊，鸡都藏在草地里不作声，哪一间小屋里没有竹棒子敲，皮鞭子打呢。 阎达三最后把弹药埋藏好，累得满身是汗，他沉着地拐了个弯子出了竹林，慢条斯理地走到一条小溪边蹲下来涮了涮手，然后不露声色地往回走。 还在塘堰没进屋，就给人家劈头一把抓着了。 那人气势汹汹地喝问："共匪哪里去了？ 快说！"他说："什么共匪？"那人连声喊："游击队！ 游击队！"他说："你说游击队呀，在那边吃饭。 ……"就指着树那面。 那人"啊"了一声吓得脸白了，扭着他就往回跑。 乱了一阵子再问他，他说："前十几天吃过饭就走啦。"那个恼羞成怒的狠狠撸了他几嘴巴子，他"呸"的一口把打掉的牙齿吐在手掌、摔在地下，顺嘴角流着血，头也不低地跟那人走去。

天黑的时候，敌人总算侦察出一条线索：游击队在这里埋藏了弹药，可是弹药埋在哪里，还没有下落。 最后几个当兵的推推搡搡把已经打得半死的阎达三推进当官的屋里去，问了一阵又打起来。 他咬着牙，一声不哼，最后他们问他："弹药在哪里？"他说："告诉你吧！""哪里？""地里。"那当官的气得脸发青了，夺过一根枣木棒就是一阵暴打，打得他浑身上下没有下手的地方了，阎达三再也不希望什么，就紧闭双眼，倒在地下，只等着死去，这样又挨了十几下以后，他就疼痛难忍地昏厥过去了。 等他们拿烟呛醒了他，他一睁眼，只见一片明晃晃的灯光，再转眼一看，自己十四岁的儿子站在面前。 小孩子见爸爸睁了眼就一头扑到他怀里痛哭起来。 阎达三一条腿已经打断，他颤抖抖的两手紧抱着儿子，他猛地仰起头，两眼含满泪水。 他想到这孩子十四年挨饿受冻，黄皮寡瘦，他心疼了，他心里琢磨："你让我死吧，你可别这样折磨我呀！ 我……"可是一想起老吕，他心一横："我还要见他们呀！"那个当官的冷笑一声拿手枪指着他儿子问："弹药埋在哪里，说不说？"他忽然一挺身子连说两声："不说——不说。"孩子凄惨地尖叫着，给他们拉出去了。 阎达三把两眼一闭，转过身，把头低低地垂到胸前，当他听见外边一声枪响，——他的肩膀震动了一下，他睁开眼。 从这以后，他似乎失去了知觉，他任凭敌人摆布怎样也不作声了，……他们一回跟一回疯狂地抽打他，他最后惨叫了几声："你们杀死我吧！ 你们杀死我吧！"在蒙蒙微亮的晨光中，他满身鲜血，死在地下。

就在这蒙蒙微亮的晨光中，湖上流萤有如蓝色电光，游击队员魏金龙找到关系，正急急忙忙，划着只小船，来到了黄金湖。 湖岸芦苇丛中蚊声如雷，他穿过苇塘，到一间小屋里去会见游击队的领导人。

游击队队部正布置天明后的一次伏击，分队长、小队长都在这里，忽然听说派到江北的人回来啦，小屋里立刻挤满人——游击队员们，要不是他们在身上背了子弹袋，那就是一群普通农民。 小桌上点着一盏茶油灯，照着坐在桌旁的老吕的脸，他年轻，尖下巴，长头发，沉静地睁着两眼，他在静静地听桌对面的魏金龙讲话。 魏金龙激动得不知打哪儿说起："我见了，啊，……过江了！ ……"

小屋里立刻欢腾起来。 有的人立刻跑到外面去，小屋外面也早已围满人，都盯着那露有黄色灯光的窗户，他们一见有人从屋里出来，就如同要抓住头上落下来的传单一样，纷纷伸手把他抓到自己跟前来。 挤在后边的人就踮起脚尖来叫喊："怎么样？""你说你说呀！"这人激动得一句话说不出来，只顾推着别人伸过来的手。 第二个跑出来的人才大声宣布："解放军过江了！"这一下子，这群农民游击队员欢腾起来了，突然就高声喧闹起来了。 从一旁来听，你无法分辨谁跟谁说话，以及他们在说什么，只是无数嘈杂的声音在一齐轰轰响着，可是这是非常欢乐而又胜利的声音。

小桌旁边，老吕弯着身，把头伸过去在追问："有命令没有？"

"怎么没有？ 我见着师长和师政委来着，谈过话，他叫我们配合着干。"

老吕站起来，他伸手从桌上抓一支铅笔，抓了几次才抓起来。

大家都兴奋得不得了，两眼闪着从来未有的光辉，望着老吕，他们头一次发现老吕完全变了样子，他的白衫子破烂了，两眼大大的，瘦削，脸上只剩下干巴巴一层黑皮。 老吕想了半天不知在想什么，忽然说了一句："我们再也不会给敌人赶着跑了，我们到了进攻的时候了。"

一个分队长这时候叹了口气说："老吕！ 你总算把我们带出来了！"

老吕赶忙摇着手说："不，——不是我，是大家再也活不下去了。"

游击队马上得决定新的行动，他仰起头朝窗外问："天亮了没有？"

窗外好多人同声回答："天亮了。"小屋里的人，这时才注意听到远远近近传来一片鸡鸣的声音。

在这以后的三四天，是暴风骤雨一样的三四天。 各处的游击队都从密林湖沼中出来了。 几个落雨的、闪着电光的，或是一片漆黑的早晨和夜晚，弹火在闪亮，枪声在爆响，游击队员在喊叫、奔跑、冲锋、袭击，前面的仆倒了，——后面又跳跃着扑上去，……

第八章　通不过的渡口

这时，在龙溪场取得胜利的部队，正在一条大路上向湖南汹涌前进。 敌人形成了全线崩溃，兵团命令他们这个师急速进入湖南，与兄弟部队协同作战。

师政治委员梁宾，沉默地，在平坦的公路上一面走一面考虑问题。 他想他们从江边开始十几昼夜艰苦进军，现在要和兄弟部队一起作战了，——很好团结友邻，才能战胜敌人，——可是在极度艰难条件下，这个团结问题往往就容易被破坏，因此现在它就特别重要，……他考虑目前政治工作的新方案，他决定今天要立即召集政治工作会议，预先提出这个问题。

当他们往前走的时候，逐渐发现这里的情势：前面部队正像疾风一样去英勇地捕捉敌人，——这是非常重要的，只有前面部队抓住敌人，他们才能上去攻击敌人。但由于急速地猛进，——大路上堆满了弹药、辎重和筹粮队队员，个别的伤员、病号、掉队人员，谁都要向前去作战，谁都有自己认为最重要的任务，谁也不想让谁。炮兵超过步行的人，在空路上赶着马匹奔跑，尘土飞扬。忽然前面一片泥塘里误着一辆车，车上装得满满的手榴弹木箱，一匹红马压在轭下喘着气，苦痛得一再挣扎地爬不起来了，于是所有的车辆、人、牲口都拥在这里不能前进了。拉炮车的马，湿得像锦缎一样闪光，站在那里，喘着气。今天天气是这样的炎热，天上一片云也没有，——地球上好像发生了巨大火灾，空气燃烧，像要爆炸。路边连一株树也没有，人们流着汗，晒得头昏，在那里喊叫、张罗。在这时，部队开到大路上来，看看这情况，他们为了保持急速前进，抛开大路，顺着窄窄的田坎绕一个圈子。前面三里地就是大河，据侦察员说，渡口的情况不大好，恐怕渡河不会顺利。团把这些情况报告师，师长气昂昂地赶向前面去，一脚踹到水里，跳起来又往前走。

梁宾也往前走，可是田埂挤不下两个人，他就无法过去。

正在这时，——猛地从空中传来一阵轰隆轰隆的声音，梁宾向天空寻找，在火热刺目的空气中，他发现飞机白色发光的银片，一片，两片，朝这面飞来，可是他回头看看战士，战士们低着头，满身是汗，对于这种空袭似乎并不感觉兴趣，只管一步步走自己的路。 他想："部队无论如何不能停止。"兵团的命令就在他军装的小口袋里，命令上写着："急进。"战斗连队是很容易隐蔽自己的，但，他十分关心的是大路上的弹药车，六匹马拉的榴弹炮（那是战斗部队心爱的宝贝）。 他就爬上附近一个小山包包，他站在那上面可以看清楚大路那边，——啊，炮兵真是能干的人，他们一发觉空袭，马上把炮车疏散了，拉上伪装网，有两小群人在路旁草棵子里安设高射机枪。 泥塘那里的人却不顺一切从大车上往下抢运弹药箱子，跑来跑去。 看样子，除非炸弹炸飞了他，他们无论如何是不能放弃职守的。 政委从心里钦佩这一批运输人员。 可是他立刻又发现了不满意的现象，——那些掉队人员，却满不在乎地在炮车旁边摇摇晃晃走他的路，仿佛说："飞机——算什么？！ 打锦州战辽西，比这多多了。"这惹怒了政治委员，他觉得他们这是毫不必要地给炮兵惹祸，飞机的轰轰声已经迫近了，他就大声喊叫："你们要暴露目标吗？ 你们！"命令他们停止，那声音特别响，那是一种不可抗拒的声音，平常谁都不相信政治委员会这样暴怒，会这样骂人。 可是经他这样凶狠狠一喊，那些人也就终于停止，蹲在稻田边上隐蔽了。部队顶着伪装树枝在田埂、路边停止不动。

飞机来了，带着吓人的昂昂的声响，从头顶上唰唰飞过去，盘旋一周向渡口低飞。

梁宾不动地站在小山包包一株小树旁，往上望着。这小树实际还没有他人高。突然他心中产生了一种希望，希望飞机把炸弹扔到靠这边一点，可千万不要炸毁渡口。这时，他猛然发现渡口上有一个目标太突出了，很不好，就是那高耸空中的电线杆，当初为了把电线横挂过宽阔的河面，当然这杆子耸立得愈高愈好，可是敌机却很容易按这目标找到这一带渡河的每一个渡口。他立刻想到今后我们过河选择渡口，应该离这根电线远一点，至少一千米，一千五百米，……他正这样想着，——这样想着，忽然他全身都重重震动了一下，先是一声巨大的轰响，然后紧跟着"轰""轰"两声，前面突然向天空竖起一股可怕的黑烟柱。旁边有人喊"渡口炸了！""渡口炸了！"这时梁宾挺立在那里，他脸上严峻地划着几条皱纹，两眼发射着怒火，——他记起三下江南、四平、锦州、辽西，——敌机一低头飞下来就是一阵疯狂扫射，他记起血肉模糊的尸身，他又联想到南下路上看见所有被破坏了的桥梁，焚烧的房屋，他自语着："毁坏吧！——我们会记得住你！"他立起身观察了三处弹着点，决定自己立刻到渡口去。他想渡口一定混乱了，按这里的情形判断，渡口很可能有损失。他拐到大路上来，因为大路上隐蔽得静无一人，他倒很容易就走到渡口附近去了。

太阳极热，他觉得地皮像火炉一样烫脚掌。渡口附近空中黑烟弥漫不散，硫黄气息刺人流泪，他看见一颗巨型炸弹把路中间炸了一个大坑。飞机不知在哪里轰隆——轰隆响着，愈来愈远了。一大群战士围在那里讲话。据说原来这里有一辆弹药车崩起来落在旁边屋顶上，压塌了屋顶，千数斤重的大车突然飞进屋中，奇怪的是车上炸药并未震响，不过还是压死了人。梁宾听见人群里面有一个女人在哭泣，声音悲惨极了。……这声音这时十分扰乱他，他很痛苦，他没往那边看，他加紧了脚步，发怒地跑到渡口。

渡口确实混乱了，——大车横一辆竖一辆地拥塞在路上，人们挤来挤去，有两辆车车把向天空翘着，——人们躺在车阴凉里睡觉。梁宾心中咒骂："真是些不怕死的人呀！"他看还有人把白木板的弹药箱摆摊子一样摆在地下，人们在炎日之下都不爱动弹。

牲口身上给马蝇子咬得流着一条条黑色的血印子，牲口拴在大车上没人管，它们把屁股掉来掉去，把唯一能够过人的地方也堵死了，……"总之，这里没有组织，混乱！"河边更是炎热，不但没一丝风，河面上反而像有闷热的水蒸气，河水晃明着日光，有如万道金针，令人张不开眼睛。河的对面有一片绿树林的堤岗上，树林后面渐渐在散开两团烟雾，——很明显，国民党的航空员把炸弹又投得太远了。

梁宾冷笑着，走到最前面去，他才发现了问题严重性何在。 原来炸弹并不是严重事情，严重的是这几天河水暴涨，把前面部队过河架设的码头冲毁了。 这些车辆在这岸上已经蹲了两日夜，后面只管往前拥，前面眼看河水在涨、在涨。河上的船只并不少，不过大家都在指挥船只，反而等于没人指挥船只，因为哪一个都想自己和自己这一部分先过去。 水手们忙碌不堪，疲累无力，船动得十分迟缓，效率很低。 为了胜利，为了前进，战士们急躁得想不出办法来。 不过，不管怎样说，渡口变成了通不过的渡口。

师长站在那里叉着腰在查问什么。

梁宾过去站了半天，低着头，流汗，他任什么也没听见，好像是一种沉重打击正落在头上，他在忍受，他感觉到这是新形势下的新问题。 这叫什么问题呢？ 也许叫作"胜利当中的问题"最恰当不过，——你以为胜利就像你晚饭后散步那样得来的吗？ 不，胜利就包含这样一种阻碍、困难，去克服它，就叫"一次胜利"。 梁宾冷静地想：——在东北大平原上作战，什么都靠铁路、公路，吉普车能开到宿营地窗户底下，现在这里又是另外一回事了。 ——师的指挥车早扔在长江以北几百里外，现在面前是河流，仅仅湖南一省就横着湘、资、沅、澧四条大江，那么，同志，问题很简单，不能渡河就不能战胜敌人，这就是头等重要的军事工作，也是头等重要的政治工作。 他对自己说："咳，同志！ 谁看不见这问题，谁就搞不出什么名堂来！" 他劝师长到后面去掌握部队，他要和这里的混乱现象做斗争，他决心亲自在这里指挥渡河，他留下参谋长帮助自己。

这时，突然啪啪两声枪响惹怒了他。

他跳起来，——他记起部队初到东北的时期，曾经有过这种现象，在战场上甚至火车上，时常有新参加的人胡乱放枪。他记得那时，为这种无组织现象，不知提了多少意见。"哼，从前在敌后打游击苦得一支枪十几颗子弹，为了缺乏弹药不晓得牺牲了多少同志，现在倒浪费起来了，拿子弹打响儿听了。"后来很快纠正了这种现象，为什么现在又出现了这现象？为什么在几千里外的江南胜利前进中，又听到这种并不是打敌人的枪声？他愤怒得面色苍白，他派警卫员立刻把放枪的人抓到这里来。

他转过身即刻命令无论哪个单位的人员车马一律停止休息，他又立刻叫自己部队派出一个连来修理渡江的木码头。他昂着头站在河边的木堆上，他大声叫喊，让所有的人听见他的声音，然后，他又斩钉截铁地去组织挤在路上的弹药车、辎重车。

不久，三个偶然随意放枪的人带了。政委怒不可遏，脸颊上的伤疤都赤红起来。他喝问：

"你们是什么人的队伍？是反动派统治阶级的吗？"

三个人立正，低下头。

"你们在打水鸭子吗？——那子弹是老百姓用血汗换来的，不是叫你们打敌人的吗？"

可是当他注视战士们经过日晒雨淋，衣服褴褛了，脸又黑又瘦，颧骨上只剩一层皮，眼睛大而失神。他记得，今年春天从北京附近出发，战士一个个红光满面，最近这将近二十日的艰苦作战，是多么严重地消耗了战士的体力呀！忽然他心疼起来了。不过他在思想中马上批驳自己："你要姑息吗？——纪律，难道是破布条吗？在最艰苦的时候就应该废弛吗？就应该降低我们阶级部队的品质吗？"他又望了望那三个战士，他心中对自己说："你受党的委托，难道你是这样执行党的政策？——嗬，嗬，你倒会原谅起来了！"那三个战士耻辱地低下头。他也到底改换了声调对他们说：

"你们这样干，给新区群众什么印象？他们在敌人长期压迫之下，天天胆战心寒，你们还要吓唬吓唬他们吗？你们应该回到连里自己去请求处分！"

他沉默很久，他脸上的赤红色才渐渐消退下去，他挥挥手叫他们去了。他回过头对站在身旁的参谋长说："同志！什么时候，我们能把这一切组织好，我们就真正正规化了。"

现在，他马上要着手处理两件事：一是组织渡船运输全师部队过河；一是组织大车和闲杂人员，建立渡口秩序，修好码头。他把第二件事交给参谋长，——参谋长是一位精明强干的人，他有坚强的组织手腕，无论多么杂乱无章的场合，他能在几刻钟里纠正、整理得有条不紊。政委对他说："同志！我们要管。在这里我们就是最高机关，对这一切负责，我们组织渡河指挥部，不管他什么天王老子都要听指挥，——我们就这样自己来委派自己吧！ 同志！"他说完举起手看看表，对一对阳光，——阳光开始西斜，他说："我们黄昏以前要渡河。"如果从混乱的表面来看，谁都会认为他这句话是无法兑现的。

他说完，自己就向河边走去，他请求一只小船把他送到一只大船上去。

梁宾在十五分钟以内，立刻在大船上召集了渡口上所有船户的代表会议。

他坐在船上，那样自然，那样缓和地微笑着和水手们商量问题。 他特别以无限同情注意一位赤脚老婆婆的谈话。那老婆婆说："官长！ ……我们都是没衣穿没饭吃的人，——你们将来好了，我们不都好了？"政委纠正她说："你说的你们，就是革命好了。"老婆婆说："对呀！ 我给国民党抓在长江上支差两个月，——没给一颗米，讨饭过活，——这回他们跑了，强迫我把桨、把橹都丢在江里，把船烧了、沉了，——我从十五岁在船上，活这么大年纪，我抱着根桨哀求，——他们打我，把我十五岁的孙子拉走，我儿不放心也跟去了，就剩下我跟我媳妇，——听说你们解放军要过河，我们赶了来，没有我们你们怎么过河追敌人！ 我在这儿摆渡了三天三夜，——官长！ 同志们都对我那么好，不让我动，帮我摇船，还说：'老大娘，把敌人最后打倒就好了！'……"她笑眯眯还想说下去。

梁宾可插了话："那么，现在你有什么困难？"

"困难？ ——你们也困难啊！ ……"

还是一个年轻人替她说："有什么困难？ 就是米不够了。"

原来前头部队过河时发给船夫每人每天三斤米，可是现在河水一涨，后面队伍没有组织好，筹粮队又到远乡去筹粮没回来，就还没有粮食发给他们。

政治委员跟大伙儿商量之后，决定立刻每人每天发五斤米作为工资，他将要求师直属队节约，立刻把粮送给船上工人。

听了这个决定，老婆婆喜得眉开眼笑，她亲热地抓住政委的手说："还有，——装牲口，装大车，你说会不会把船砸坏啊？"

这时政委霍然明了了问题的关键所在，他终于发现了秘密，他高兴地笑起来："哈，原来问题在这里！ 问题在这里！ 这也是合理的呀！"

他马上拟了一个方案出来，他要建立两个渡河点，一个渡河点组织几只大船专渡车马弹药，一个渡河点专门渡人，如果哪一只船损坏，部队照价赔偿修理。 同时他发现只有这样分开才有秩序，战斗连队跟牲口大车挤在一起只有混乱，浪费时间，他这个方案得到了船夫们的热烈拍手拥护。 他后来说："我们在半个钟点里决定了一部法律。"他脑筋里兴奋地闪出几个辉煌的大字："遇事要和群众商量"，毛主席这话是千真万确的真理呀。 他和大家商议停当以后，就站起来对大家提出要求："部队有紧急任务，我们天黑前要开始渡河，你们看办得到办不到？"一片喜悦的应声："办得到。""办得到。"船工代表们纷纷回到自己船上去，政治委员也轻松而愉快地回到岸上。

岸上好像刮过一阵飓风，把一切吹扫得干干净净，大车整齐排列了次序，零星赶部队的人们大部分动员起来，在帮忙扛木料修码头。

梁宾急急赶到码头那面去，他看见在蒸热的阳光中，参谋长只穿着一件白衬衫和战士们一起钉木桩子，他胜利地大声说："我的组织好了，你的怎么样？"参谋长抹一把汗水笑嘻嘻地说："只差十几根了。"好，混乱的局面终止了。他要参谋长把工作交给连长，他就走近参谋长问："同志！……你知道，咱们靠什么战胜敌人？"参谋长用袖口擦着额头上的汗水跟他走上岸，只是笑而不答。他说："我们靠这个，——有觉悟，有领导，有组织，一切一切在于有新鲜事物感，咳！什么问题不当做问题，不从实际出发，不研究新的情况，困难就永远是困难，……"

陈兴才师长从三科临时架设电台的房子那面走来，他把兵团和军部的电报拿给他们看。

战争常常是变化的，这变化，对局外人来说有时简直是奥妙难测的。但军事家是从一开始就掌握了变化的规律，一切条件都在变动，从敌我各方面，一切主观努力的正确与错误又常常促进变化表面化，或者完全消失。现在，由于部队渡过长江以后，不顾骄阳暴雨、绝壁悬岩，一切一切的艰难困苦，奋勇向前，敌人被迫撤退，除了沿途一部分一部分被消灭以外，现在敌人一大部主力终于被捕捉住了。 前头那一师兄弟部队日夜不停地追击已经牵制了敌人，那么，现在就将达到这一战役的高潮。 如同把铁已烧红，钳子也夹紧了它，现在只等——锤子打下去！ ……上级督促他们迅速从侧翼山地前进，实行侧翼进攻，执行这"打下去"的任务。 师长、政委和参谋长都体会到一种共同的喜悦。 世界上还有什么比战场上真正的喜悦更值得喜悦的呢？ ——万里进军，无论日夜，不顾饥渴，受了一切的苦，挨了一切的磨难，现在抓到了，抓到了，现在抓到了，真的把敌人抓到了。

熟悉战争生活的人，从周围一切征候可以得到预感，——前线在紧急变化。 你看！ 飞机很紧张，很频繁，一个下午来了三次，但都绕一绕，侦察一下，又赶紧飞走了。 从这里可以看出，敌人是很焦急、很惧怕我们续进部队神速赶到，——飞机每一次飞来，梁宾都大声嘲笑着，咒骂着，昂头望着，他的内心为一种巨大快乐震颤着，他天真地大声说："你们——你们任什么也阻止不了我们！"

这一天，由于克服了巨大困难，通不过的渡口变成通得过的渡口，下午五点钟部队开始渡河了。

战士们愉快地、有秩序地登上渡船，汹涌渡河。 梁宾在这整个下午谈的话特别多。 现在由他们坐上一只船荡漾过河的时候，水皮上抹着红色玻璃似的阳光。 师长突然问政治委员：

"仗打完了，老梁，怎么样？！"

政治委员不假思索地回答："我们要建立一支强大的国防军。"

"那么你自己呢？"

这一回政治委员沉默了一下说："那就说不定。"这答话使师长略微失惊："为什么说不定？"

政委深沉地，一字一字说："党，决定我做什么，人民需要我做什么，我就做什么。老陈，——我们建立了一个新的中国（声音是十分热情的）！我常常想，——这个新的中国，该有多少工作要做呀，有一天党也许调我到一个工厂，也许搞外交，……"

"那你怎么办？"

"那我就向工人、向工程师、向同志们学习。"政治委员多少有些兴奋地抬起两眼望着远方，"同志，在斗争前线上的人总会学会一切的，我原来也不会打仗呀，……我从前还害怕过打仗……"

师长忽然露出真要分别似的心情说："你不喜欢军队生活了吗？"

政治委员坚决摇头："不，不是这样，——军队生活我已经习以为常了，到旁的岗位上去嘛，一下子倒会不习惯，还一定很困难，可是如果需要，——那就去熟悉吧！"

这种对话，在这前进作战路程上，是充满热情与信心的，他们不是只千忧万虑于面前的困难，而是着眼于光辉灿烂的无边远景。

太阳即将西沉，光芒还特别耀目。梁宾回头看了看彩色缤纷的水波，然后跳下船阔步走上河岸，他看见无数战士一登岸就立刻按照组织序列汹涌前进了。他站在旁边，注视着每一个从跟前走过去的人。他们黑了，瘦了，眼睛大了，草绿色军装深一块浅一块了，他们沉默不语，但他们都昂着头，两眼闪着光，在零下四十度严寒下成长起来的部队，又在江南零上四十度火焰中锻炼成熟了，因此他们就变得更坚强了。梁宾沉静地听着咔嚓咔嚓的脚步声，他好像第一次听到这声音，他从这声音中感到一种深沉的快乐。

第九章　悬崖绝壁

渡河后，他们就离开大路，向四面去侧击敌人，因此越过河边一片绿色田野，就又进入山地了。迎面矗立着万仞高山，一道一道山脊向远处展开，海涛一样不知要展到何处为止。

一个侦察员弯着腰背着枪，在山脚下一片树影荫荫的空场上，找到一所空无人迹的小学校。陈师长却正在教室里面，他在等候情报的工夫，大大伸开从膝盖以下沾满泥浆的两腿，坐在那里就睡着了。侦察员喊了声："报告！"他一惊，醒转，就跳起来，他一张眼看见老侦察员老夏站在他面前。 这个老夏晒得又黑又瘦，那天夜晚在暴涨河水前表示没办法，现在却又从容不迫了。 他十分负责地报告了敌人一部侧翼部队两日前从这里通过，沿途散下些特务、土匪、暗杀队，他最后补充了两句话："据老乡说，敌人过去的时候很得意！"

"很得意？"梁政委走进来，听到侦察员的话，停着脚这样问。

老夏说："他们说，那些北方侉子爬不过这高山，爬上来也都要摔死在山沟里。"

梁政委转身走出去，他微皱双眉望着那万仞高山。 已经是下午，山峰照成一块块紫黑色矗立在前方，太阳光芒火箭似的升上天空。 空中浮云，都变成金红色，远一些山群是蓝色，再远就变成灰蒙蒙一片了。 他很了解这种江南山地，他过去的作战生活就是在这山群里面开始的，可是这几年他不熟悉了，南方，让他这在北方生活了十几年的人，也突然感觉得不习惯起来。

不久，有几个骑兵通信员从临时师部门口，骑着马把命令传达到各处去："不停止地向山地前进。"一刻钟后，在那条白色的弯曲的道路上，队伍继续行动了。 从远处看道路如同河床，部队就像一片黑色的河流，向前流进。 师指挥部在前卫团后面跟进。 路上风景极好，梁政委以十分爱好的心情瞭望着。 遍地茂盛地生长着棉花、芝麻、苎麻、高粱、黄豆，真是一望无际的绿色，远处有一片一片小树林特别翠绿可爱，可是路愈走愈高，穿过一片树林就开始上山了，太阳的红光隐没在树林后面，山路拐第一个弯的时候，背后远方的河流也就不见了。 一天暑热还未退尽，可是有一阵阵微风吹在战士们发烫的面孔上是那样清爽，高立空中的松树在沙沙微响，小小的山泉在路旁低吟，鲜红的沙土在脚下又松软又轻快。 战士们是单纯的，在太阳下咒骂太阳，可是热劲一过去，他就忘了，又兴奋起来。 突然，有一种声音从前到后、从后到前纷纷响起来，很快就连成一片，——这不是快乐的歌声吗？！ 这歌声本来跟随着英雄的人们由松花江一直飘扬到长江。 可是这些天来，酷阳暴日，狂风恶雨，永远是艰难地行进，紧急地追击，这声音从人们中间消逝了，现在又突然出现了。 这声音就立刻惊动了梁政委，他热情地听着，他知道战士们是不顾虑前面有多少严重困难的，现在快乐，他现在就会歌唱起来，他们一切的一切就是克服了困难再走向困难，再克服困难。 这歌声一直唱到满天星斗以后还在唱，……

谁知只在这一夜度过后，巨大困难就真的来临了。

太阳出来的时候，被一团紫雾包围着，空气与往日不同，特别沉闷，浑身黏腻，早晨一开始，这一切就预告：这将是炎热得十分可怕的一天。 面前又是一座没有树林、光秃秃的白色高山。 他们一开始爬山，就汗如雨下，衣服装备不大一会儿工夫就全湿透了。 中午发生了巨大问题，就是口干如焚。 人们一步步爬山，肚子里就一股股冒火，火焰一直冲到喉咙里来，像在肚子里烧辣椒烟子一样难受，人们大口张着嘴喘着气，干渴得无法忍时，汗水原来在呼呼冒，后来也不冒了，好像身体一下就要全部枯干，就要焚化了。开头，路边还流有一点溪水，不管干部怎样劝阻，甚至严厉制止，战士们还是一拥上前，拿手捧着往嘴巴里送。

指导员李春合在江岸登陆时，左腿给炸弹片打伤，他坚持宁死不到第二梯队，还是走在自己连队前头。开头，他制止着别人，把人们立即赶回行列。可是山愈登愈陡，路边也不见溪流了，太阳却愈晒愈热，最后一次，战士们忽然一拥拥向一处淤积的小水潭。李春合喊叫着跑过去，他一眼看见王春，王春鲁莽地推开别人，跳下去，高高翘起屁股，把嘴伸到那小水潭里去。李春合又一转眼看见十几步外有一匹热死的马倒在那里，看样子是前头炮兵连不久以前才丢下来的，一群群苍蝇可怕地嗡嗡地飞着。李春合真急了，他抓住王春的肩膀摇着，王春突然转过头来，他的面孔红得像红布一直红到脖颈，两眼暴怒，好像根本没看见指导员在后面，看了一眼，继续趴下去狂饮。李春合低下头看见那是一汪子混浊发绿的水，可是他忽然停着了，他是那样想趴下去，也像王春一样喝一口呀，——哪怕喝一口也好呀！但他马上想道："我想的是什么心思呀，我还是一个共产党员，——政治干部呢！"他马上也暴怒起来。他的样子是十分可怕的："站起来！站起来！我命令你们站起来！回去！回去！"这群战士给他这一喊叫恢复了理智，王春狼狈地低着头顺嘴角滴着水珠，弯了腰走回行进的行列里去。

路边有几棵树，树上用石灰写了字，前面画了箭头，写着"××营到 ××处集合，快走呀！ 不等你们了。"那显然是溃逃的敌人写的。 后面就写了我们自己的话："加油呀！ 同志们！ 敌人就在前面呀！"还画了简单的、逗人乐的漫画，漫画下面也画了箭头。 这两个箭头也像紧紧在那里竞赛似的追赶。

这时前面的队伍停止了。 站在没一点遮拦的火热阳光下比走路还苦，阳光直花花从脑瓜顶上晒下来，大家想找个阴凉地方都没有，大家看来看去，对那小草下面的荫凉都十分羡慕。 可是那里连一只脚也隐蔽不下去呀。 原来前面到了一条陡到八十度的高坡，炮兵连拥在前面怎么样也上不去。

师部一科长雷英枯瘦了，急躁地骑着马跑过来叫："六连——六连，上去！"

六连受命帮助炮兵连，立刻就由秦得贵、李春合带头跑上去了。

炮兵的牲口、炮车都拥挤在山脚下。 有一匹牲口驮着一门重迫击炮炮身在山半腰，一个驭手两手揪着缰绳往上拉，后面一群人在吆喝，拿鞭子用力地抽打，——那匹肥壮的菊花青骡子锦缎一样的身子给汗水浸湿得像雨浇了一样发亮，它耷着耳朵，痛苦地乱动着嘴唇，——白绿色的沫子顺着铁环子流下来，两眼像琉璃球一样突出，它是那样想奋勇上去，它每一次挥动着尾巴，用尽所有气力，四个蹄子乒乒乱踏一阵，如同木棍在地上敲着一样，可是冲了两步就又退回原处停止了。 炮兵连连长因为害了眼病戴了黑色眼睛罩，他流着汗，满面赤红，青色血管在额角膨胀着跳动，骡子每一次挣扎，他都在跟着浑身用力，咬着牙，可是每一次都失望了。

这时从山下面跑上一个四十几岁的老驭手，他一路骂着挡路的战士，一路跑上来，他一把从那青年驭手手中把缰绳夺过来，他要哭一样喊叫："你们打死它！ 你们打死它！ ……你们的眼睛不看看这是什么山路，你自己驮上试试！"在他这样喊叫下谁也不敢拦挡他，眼望着他把这匹骡子牵回山下去了。 可是他们坚定不移地一定要翻过这座万丈高山，他们终于想出了办法，就是用双手把炮一门一门抬上去，然后再把牲口一匹一匹推上去。 六连的战士来到了，他们一直帮助把最后一匹牲口推上去。

李春合已经在山路上跑了五六个来回，这时他头上汗水淋漓，两手拄着腰挣扎着往上爬，他突然觉得心里非常难受，头脑在旋转，血液像狂潮巨浪一样震动着往上涌，他昏迷了。 他努力向前伸手想抓着什么，可是他摇了两下，脚底下的地在急急地转，他猝然跌倒在地下，他失去了知觉。 跟在他后面的小通信员扑下去抱着他。 王春、李凤桐、连长和杨天豹跑上来把他抬起。 好在上坡后，就密密长满一片森林，树叶在头上张开一面绿幕，李春合躺在地下，脸是赤红的，眼皮微微张开一条缝，露出可怕的眼白，沾了一脸尘土，像个死人。

连长秦得贵发怒地制止流眼泪的小通信员，又立刻觉得这样做是不对的，就自己跑去找凉水。这时后面部队在继续上山，炮兵们筋疲力尽地在围着李春合指导员着急，想办法，他们觉得李指导员所以晕倒，是帮他们推牲口、扛炮的缘故。秦得贵突然从树后面跑过来，他跪在地下把水壶里的凉水淋在指导员发烫的头上、脸上，……指导员胸口里轻微响着，围了他的人紧张地喘着气，看他渐渐清醒过来了。

梁政委得到这个消息说："前面晒死人了！"立刻从后面赶上来，他掀下帽子来不停地在手上挥着。他来到跟前，指导员刚刚醒来，软弱无力地睡在地上。政治委员看了看，就到树林里去，命令部队休息、喝水，他立刻召集营以上干部来树林里开会。

会议是严肃的、短促的。先来的人看见政委在那里走来走去，后来就到人群中间来，没有看大家，缓缓地开口说："同志们！我们是在追击敌人，光荣地执行毛主席给我们的任务！"他这时坚毅、迅速地望了大家一眼："可是我们现在碰到了新问题。我们在东北打了很多大胜仗，你们还记得去年的辽西战役吧，战士说：'爬也爬进沈阳！'取得了光辉无比的胜利。可是我们这几年打惯了北方的平原战，我们习惯了在零下四十度风雪下作战，我们现在回到我们红军时代的南方山地作战，热，有蚊虫咬，口头讲'最后胜利是光荣的'容易，可是这光荣只有克服无数艰难困苦才能得来，这就不容易。 同志们! ”政委一下昂起头，发出一种庄严的眼色，“二十几年前，毛主席领导我们从这里开始战斗，还有比那时再困难的吗?! 在我们面前没有困难，困难是可以克服的，我们把爬山、涉水、耐热都应当当作战术问题来看待，要好好领导同志们克服困难，只有能在南方打又能在北方打，打遍全国的队伍，才说得上敌人从哪里来就把他打回哪里去，才是毛主席的好队伍! ”他的一只长长的手臂举了起来，所有的眼光都集中在他这一只坚强不动的手上。 他说：“我们要发扬红军之宝：能走! 能晒! 能饿! 能打! ——消灭敌人，同志们! 现在我们继续前进! 凡是敌人能走过的地方我们就能走过! ”

干部们纷纷站起来，听了他的话，每人心中都重复着：“我们没有不能克服的困难。”回到自己队伍里去。

这天夜晚更困难了，落了一阵雨，战士们纷纷滑倒在山路上。 几天以来，战士们夜间宿营在山坡上、竹林里，蚊虫成团地袭击他们，你挥着手，它还照常扑到你脸上来，气得战士们蹦起来，在火堆的红光中跑来跑去。 深山里老百姓很稀少，部队的运输线拉得太长，一下子供应不上，筹粮队队员愁眉不展，只能把带壳的谷子发给各个班，到了宿营地，班上借了一人推的小碾子轮流着碾米。 王春和李凤桐昨晚值班碾了半夜米，吃了饭，倒在草铺上又跟蚊子摔打了一阵，刚一合眼天就亮了。 今晚又落雨，这宿营地还不知在哪里呢!

　　王春不知什么时候在尖石上碰破了腿，在呼呼的山雨下，几次爬起来又跌倒，一边流着血一边走，……今天他的思想负担更重了，他已不愿动手去包扎伤口，他拄着一根竹棍子一步一步往前挨，他下决心明天说什么也不走了，哪怕不吃饭在这里躺一天也好。　雨停了，不久他们在有三家人家的村庄周围露营。　露营的人们在喊叫着，这里那里烧了营火，照着乱动的人影子，水塘里田蛙"咕呱""咕呱"地叫着，来路上一片乱糟糟的人声，王春躺在一堆火边上望着火想心事。

　　时间过了很久，战士们都睡熟了，突然一个人牵着一匹马来到火堆边停着。　这人把马具卸下来，亲热地抚摸着马，把马拴在一株树上，他就走了。　他一会儿又回来，不断地打着哈欠，——流着眼泪，坐下来。　他喊喊喳喳地摸了半天从一条油布裹了的干粮袋里掏了一把炒米干粮出来，（这时王春才注意他，借着火光望了一眼，原来这就是白天那个骂人的四十几岁老驭手。）他想吞食下去，可是捧在手心里看一看，他又抬起头来，马正张着两眼可怜地望着他，马那样瘦，马的鬃毛下垂着，马变得肮脏了。　这个老驭手就一声没响慢慢站起来，他把两手里捧的炒米忽然举起来送到马嘴上。　马吃完了，蠕动着嘴唇，又望着他，他又抚摸着马，然后打着呵欠，——忽然下了决心，他转了半天，就弯着腰悄悄走到黑暗中去了。　王春继续望着火光想心事，……很久、很久，这老驭手回来了，抱着一抱草扔在地下。　他咒骂着昨天别人把他的小镰刀弄失了，他就在火旁边拿手指甲掐碎青草，草在他手里"咯吱""咯吱"掐了半天了，王春抬起头，忽然看见火光照着他的十个手指都已经鲜血淋淋，可是他似乎一点儿也不觉得苦痛，他随手捧了碎草丢给牲口，然后十分满意地眼望着牲口把草一点点吞食完毕。

王春一下蹦起来，拉着老驭手问："你怎么不痛吗？"老驭手毫不奇怪地望了望他，就自己摊了摊雨布倒下睡觉了。

对于王春，这个忠心耿耿的老驭手给了他很深刻的影响。他在他身边坐了一会想说什么，老驭手呆了一下十分了解他心意地说："伙计，睡觉！少想点心事，寒候鸟还留个声音呢！咱们这一世，能参加这最后胜利，也是不易呢！明天赶上敌人好好打一仗呀！"王春在他身边倒下去，——他做了梦，梦见自己在火线上奔跑着作战。

第二天情势很紧张，侦察员发现有小部分敌人在前面，很可能是敌人有向西面山地逃窜的企图，师首长下决心奔袭前进，抓着这一团就吃掉这一团，再去袭击主力，因此天一亮部队就又继续奋勇前进了。可是一路上并未发现敌人，傍晚的时候，他们却到了著名的险地嚼草岩。据老百姓传说是古代三国的时候，刘备、关羽、张飞作战到这山顶上，马不前行，累得倒在地下嚼草，就留下这个嚼草岩的名字，由此可见这山势的险恶了。最危险是在升上高山的半腰里要经过一段山石崩塌的断崖绝壁，那里从前只靠一根带齿的独木梯爬上爬下。可是部队从二十里外山谷小路上透过密密松林之顶，就看见火烧的黑烟正在缭绕，一定是敌人埋伏特务在不久以前放火把这根独木梯焚毁了。山谷愈深树林也就愈密，黑森森连一点阳光也看不见，无数的古树倒在路上，人和牲口都只有纵跳着前进。团长陈勇和团政委蔡锦生跑到最前面去，在那笔直的断崖下观察了很久，断崖顶上除了黑烟缭绕，就只有几只鸟在缓缓飞翔。陈勇迅速决定把倒在地下的大树拉上去搭木梯，只有这一个办法，可是木梯搭好，峭壁上已失去太阳的红光。

战士们全体仰起头，师长和师政治委员站在他们的最前面，看第一个人爬崖，如同看什么高楼大厦，举行落成典礼一样。这第一个人不是旁人，是团长和团政治委员决定的连长秦得贵。他头也不回走上崖，到了独木梯跟前，一纵身跳上去，两手两脚像猴子一样抱着树木爬、爬。大家望着断崖，都紧张得喘不出气。可是，他迅速地爬，爬上去了，这立刻引起下面人群中一阵胜利的狂热的欢呼，嗡嗡地震动了山谷，在这样欢呼的时候，一切困难都过去了。秦得贵把一根绳子结好在树上又扔下来，后面的战士就这样拉着绳索攀好树木，再往上爬。部队终于胜利地通过了这断崖。可是高峰前面还有高峰，绝壁前头还有绝壁。团长陈勇在号召争取天黑以前抢上前面那座高山，这时山中还有淡红色余光，树林开始罩上黑沉沉暮色。战士们仰头望见团长一面召唤一面拔步登山，都振奋起来，都一个个争先恐后地向上爬。

王春今天终于没有掉队，虽然放弃了昨夜"再不走了"

的决定，不过他还时时在打算怎样停留下来。 他无心思鼓起勇气，只拐着伤腿一味慢慢走，……忽然一阵热乎乎大声喘着气，流汗，嚷叫着的人群，把他撞在一边往上拥。 他被撞了一下，满不高兴地仰起头想吵骂，一看原来是落在后边的炮兵赶上来了，……正在这时，他突然又听见指导员的声音。 指导员自从晕倒以后被人架着送到二梯队，不知怎样现在又跟着炮兵上来了，这时一见王春他就想抓紧机会再和他谈谈，他知道王春心事很重，一路谈了六七次话，王春只是说："首长你别熬心了。"可是并未解决问题。 炮兵现在变成了奇怪的部队，他们已经最后放弃了马匹，马匹不能通过断崖，炮兵就把迫击炮、六〇炮、重机枪一件件拆开来驮在自己身上，爬上了高山。 驮手们每人背了六颗胳膊粗的炮弹筒；只有昨夜和王春一道露营的老驮手，他驮的不是炮弹筒，他驮的是马鞍子、马屉子。 王春好奇地一把拉着他喊了声："老伙计！"很想问问他人家都扛炮弹，为什么他扛马具。 老驮手回过头来看了看，摔开手就走了。 指导员恰好这时连蹦带跳地上来，亲热地拉着王春的手问："老王，咱们连队不远吧？ 来，我帮你扛上。"说着从王春身上硬把大枪抢去。 指导员忽然伤心地指着老驮手背影儿小声说："真可惜，今儿个早晨，牲口一滑摔到两丈多的深崖下去，八个人把牲口抬上来，牲口还是一蹬腿死了，他呀，哭了半天，他们连长说他从 1947 年夏季攻势过松花江就牵着这匹牲口呀！ ………"

李春合跟王春就这样谈起来，王春只是不大作声。正在这时从背后又抢上一个人来，他低了头，在肩膀上高高扛着一支轻机枪。指导员两眼一接触这机枪就觉得眼熟，再一看那人，他"哎呀"一声叫了出来："这是李凤桐那支轻机枪，这不是师长吗？"

李凤桐疟疾又发作了，刚才倒在路边打摆子打得哆嗦成一个团团，还抱着机枪不放手，他想熬过这一阵子再赶上来。师长正好碰上他，就留下警卫员照顾病人，说："同志，交给我，你总放心吧！"就自己扛了他的轻机枪先上来。

王春一看，就一步蹿上去夺着机枪柄固执地说："首长！给我这支机枪！"

师长身上喷出一股汗酸气味，他的牲口一直没赶上来，衣服，雨淋日晒反正就是身上这一套。现在他回过头笑一笑说："王春听说你砸伤了腿还坚持，枪还是归我扛，你们扛的日子多着呢！"他就走了，可是他走到哪里，哪里就加快了脚步。果然，在天黑看不见路以前，他们又爬上前面一重高山。

天气不知从何时阴沉起来了。天一黑就黑得可怕，只听见一片松涛声，在左右前后滚动，可是哪里是路，哪里是悬崖，却谁也分不清楚了。路在这时恰恰又曲曲折折弯到一面悬崖边边上来。战士们的脚在石块、草丛、泥浆上滑着、滑着，只有一步步摸着探着才能走路，偏偏这时又落起雨来了，是暴雨，一阵子逼得人抬不起头，睁不开眼，一阵子又过去了，可是路更泥泞难行了。 师长满头流汗夹在战士中间，他眼看部队不能前进了，他想挤到最前面去看看情况，这时他内心矛盾斗争十分激烈，——他知道满山都是松枝，他可以下命令点上火把，可是他顾虑因此惊动当面的敌人，不过不点火把就一步不能走。 正在这时，突然听见前面有个战士绝望地呼喊了一声，原来有人把扛的一根爆破筒跌落到山崖下去了，开始听见崖下有树枝折断碰撞的声音，——后来就什么也听不见了，……部队不动了。 陈兴才急急推开战士们走到前面，他望着面前黑茫茫一片，他下了决心，——不能停止，停止，敌人会失去，只有坚决地前进！ 顽强地前进！ 打破一切困难前进！ 他立刻命令战士们："点火把！"隔了十几分钟，一下子无数支火把的烈焰腾空而起，火把高高举起来了，长长火焰给风吹得像无数面红旗招展不息，明光耀目。 可怕的黑暗消失了，后面人山人海都在翘首望着那一片红火焰，奋步前进。 突然战士从胸中发出一片喊声："打到湖南去呀！""打到湖南去呀！"……这声音十分雄壮，各处山鸣谷应，很久很久轰然不停。

第十章　血肉相关

一个晴明的早晨，只有湖南才有这么多、这么好看的松林和稻田，一片接着一片，密密遮盖着地面，给清洁无比的阳光照耀得像孔雀毛一样翠绿可爱。 由高山里突出的部队，从一条山冈上正式进入了湖南。 部队像潮水一样涌过去，师长陈兴才和政治委员梁宾整整六点钟来到了山冈上。 每个人走到这里都笑容满面，向四处看一看就继续前进了，但他们的心情与往日是那样不同，在这小小绿色山冈上仿佛举行了什么典礼似的。

师长陈兴才特别兴奋，这几天以来眼看要到湖南，他的心理状态是十分复杂的，他不断跟老百姓谈话，打听这些年间所发生的各样事情。 现在自然他一点也不掩饰他的快乐，他那样天真的，第一脚踏上他分别了二十年的故乡土地，就两眼光彩焕发。 他和政治委员肩并肩走着，他一下指着橘子林，一下指着桐子树，一下又赞赏稻田。 湖南，就是由这个小小山冈造成一条界线，在这条线的南面确实是丰富、美丽。 他们迎着欣快的晨风走着。 稻子快成熟了，那样密扎扎地、坚实地垂着穗子。 一片片水塘开满莲花，树林后露出高顶瓦屋，再不像鄂西那些小小草房了。 陈兴才不断停下来看看稻田，他好几次忽然愤愤地说："地这样好，老百姓没饭吃，你看！"在这简短话语里，此时此地，包含了他的全部又是热爱又是憎恨，种种复杂的思想情感。

王春在过岭以后终于掉了队。 从昨天起，他的枪就由别人替扛着，可是他思想上背着包袱，他还是无法走得快。 开始有人陪他，后来他坐下来休息，不过当他只剩下自己一个人的时候，部队走远了，连飞扬的尘土都看不见了，他却真的怎样也走不动了。 他心里充满无限痛苦，眼看天黑了，他又不敢停止，这时他懊悔不该脱离部队，但一切都已经太迟了。 这时树林里萤火虫飘忽，静得可怕。 他正走着的时候，突然听到背后有嚓嚓的脚步声，——一会儿又有沉重的呼吸声。 他想起部队上传说这一带土匪特务的暗杀，他怕起来，他不回头，他赶紧加紧走。 身上给汗湿透了，走了一段之后，他发现背后确实有人，——只那样"嚓嚓""嚓嚓"保持着一定距离，这时他下了决心，他不走了，他准备拼一下子——忽然，他看见那黑兀兀的人影已经到了他跟前，……他突然一耸身扑了过去，抱着那人，他们就一起倒下了，他们正在滚来滚去，忽然一下子，四周围有火光照亮，——他很想挣扎拼命，可是他给几只有力的手掌抓着了。 他借着火光看他们，他们穿着农民衣服，胸前交叉缠着子弹带，手上拿着步枪，王春无法知道这是些什么人，他暗暗觉得自己落在土匪特务手里了。 这时有一个人拿着火把跑来照了照就欢喜地喊叫起来。 王春听不懂他的满嘴湖南话，也就不知他喊叫的是些什么。 但有无数的人从树林里跑出来热烈地包围了他，呼喊着，嚷叫着。 那个拿火把的人看看王春的脸色，以为他不相信自己，就努力比手画脚地说："是自己人啊，我们是游击队！ 同志，你一个人在这里摸，我们把你当作国民党特务呢！"这时王春才松了口气，他问："你们认得魏金龙吗？""认得，老魏是我们的人。"这是游击队的一个小队，刚刚从东面大林子里穿出来，——没有看到前面大部队，看见一些陆陆续续的人，还以为是国民党溃兵，恰好就刚刚赶上王春一个人，他们就想抓住问问。 他们还是第一次看见自己的队伍，他们在这黑夜的山路上和王春见面就跟全军会合一样兴奋、热情。

王春正因为一个人情绪很低，现在会合了游击队也就高兴起来。 游击队听说他掉了队，也愿意立刻举起火把伴送他到前面好看看大部队。 这样走着的时候，游击队员们不断从四面八方纷纷向他问话。 王春努力了解他们的意思，就随口回答。 可是他颠来倒去想着的倒是自己想问的一个问题："这地方这样富足，看样子总比关外好一些，难道也一样没有饭吃吗？"他就看了看紧身边这个农民，四十上下年纪，癞痢头，红脸，全身上下又粗又大，打着双赤脚啪哒啪哒地走路，王春就突然问他："你们有大米吃没有？"那个农民眼色阴暗了，摇摇头说："吃不上呀，同志！ 胡豆、野菜是我们的，大米是人家的。"王春明白了，原来他这一天一夜望不到头的稻田倒是好稻田，可是穷人还不是捧着金碗讨饭吃吗？ 王春很有感情地说："游击队上的同志！ 我们在旧社会也是含着眼泪疙瘩过日子呀！"

那个农民游击队员忽然问："现在你们那里分了田地吗？"

一听到谈土地，游击队员都纷纷挤上来听着。 王春突然觉得自己这个老区来的人有着无限光荣，他就讲起来了，他说："这是咱共产党毛主席领导得好啊！ 我们分到了土地，推翻了封建，——那个冬天下大雪，拉着爬犁，打着红旗分土地呀！……嗨，怎么说呢？！——哪，哪，我分到手一块地，我从来没有地，……从我爷爷就没有。从前我们饿呀，半夜三更摸到老财地里偷豆子，我拿肚子贴着地爬，给人家看青的把式一枪打在这里，——永远留了个鬼剃头的记号，长大了给鬼子抓劳工，当黑人，有家不敢回，到'八一五'我才像讨饭的一样奔回自己家，现下我睁眼一看，地——是我的，你瞧！咱们地有了，还分到手一匹马，这还用咱们再愁吃穿吗？可是一想：光打倒农村里封建还不行，留下那封建头子蒋介石和帝国主义，也是个大祸包，我就出来拿枪杆了，你瞧！……"

他们不等他说完就纷纷插话，问："你们那里地归谁分呀？""比方人家使坏，不分好的给你，怎么办？""去吧！你当还由地主老爷说话吗？嗨！""我说分了地你们拿什么去种呢？没有种子，……没有工具，……""汗瓣是不出苗的啊！""你这穷鬼，有了地你倒发愁起来了，老板！有了地总有法子想的！"……只有那个癞痢头，红脸，打赤脚年纪大些的人听着，沉默着，后来他可说话了，他说："我们这里，给人家到处杀呀，砍呀，这压迫分量重呀！我们从前有过好日子，我们闹过革命，跟着共产党，分过田地。这二十来年，同志！穷人像扔在火炉里，——穷人的血快蒸干了，……"这声音是悲惨的，痛恨的，一个字一个字深印到王春心里，王春也禁不住心里涌起一汪子苦水，可是——苦吧，哭吧，现下，这一切都过来了，日子不同了，社会不同了，不久，这群人也就又带着轰轰的笑声，带着可喜的火把的红光，往前走了。

王春高兴得忘记了疼痛，也忘记了自己是在生疏的远远的南方。后来，他们赶上了队伍，看见前面有几辆大车。火光照亮着，拉车的牲口都回过头来看火光，王春心里约莫这一定是另外一部分的收容车，我们一定和大路上来的兄弟部队会合了。因为这些天他们师穿过湖沼、长江，又穿过最艰难的山地，不要讲大车，连师长的乘马也不知跑到哪里去了。可是，他终于又看到了队伍，他立刻扑上去，高兴地喊叫。车上的人望着他，他却尽情地嚷叫："你们看见我们队伍没有？""部队多了，都是脚尖朝南走，知道哪个是你的队伍呀？"王春说："嗨，嗨，你们没看见？把迫击炮都架在脖颈子上的，……"一个小战士立刻从大车上站起来尖着细嗓子喊："看见了，看见了，——他们把什么都驮上了。""对呀，在哪里呀？""过去不远，也就三五里地吧！我说大哥，你是走不动落伍的吧？"可是王春对这种战士的嘲笑一点也不动怒，却一面走一面笑嘻嘻仰起头说："走不动？老乡！你可怎么上了大车啊？你是从东北坐大车到湖南来的吗？"他们纷纷挥舞着火把，轰轰笑着，超过一辆一辆大车往前赶，超过路边休息的炮兵、吃草的马、队队宿营的战士往前赶，一路上十几个瘸着脚一歪一歪的病号加入他们的队伍，他们最后终于赶上了部队。

部队正停在路上，干部们在忙着侦察地形、了解情况、和前面兄弟部队联系，等待新的部署。

师长坐在地上。他病了，在发恶性疟疾。熬过下午一阵，他浑身疲乏无力。现在他回过头叫警卫员去查问什么人在后面这样嗷嗷叫，他不高兴地说："叫他们肃静点！"梁政委就自己朝这面走来想看个究竟。王春一看是政委就迎头上去，突然敬礼："报告首长，"回身一指，"这是湖南的游击队同志！"

梁宾一听，立刻走到这一群穿着各式各样衣裳的农民面前，当他紧紧抓着一个游击队员的手，他看到这人流下眼泪来了。战士们听说游击队来了，从四面八方包围起来，大家望见政委高高地站立在火光中，举起一只手，听啊，政治委员说话了：

"我们会合了，同志们！我们会合了。"

火光照着梁政委的眼睛，眼睛里流出泪水，但他响亮地正式宣布这胜利的、有历史意义的会合。师长和谭谋长也从外面挤进来，四周热烈地鼓起掌来。梁政委继续他的讲演：

"同志们！这会合是有伟大历史意义的，湖南是毛主席领导秋收暴动的地方，现在是毛主席叫我们来的，（鼓掌）……游击队的同志们！我们解放军从这里生长，后来为了最后取得革命在全国胜利离开了你们。你们这些年受尽了压迫，受尽了苦难，没饭吃，没房住，我们知道。许多人被抓去，许多人被杀掉，我们知道。……现在我们会合，亲兄弟亲骨肉会合了。（鼓掌）同志们！ 对牺牲了的人我们永远纪念他们吧！ 你们教育了我们，让我们知道，没有当地人民、没有工人、农民的游击队，我们的胜利是不可能的。 我们光荣地执行了毛主席、朱总司令的南下任务，我们不避艰难，不怕困苦，我们还要向游击队同志们学习，学习游击队同志艰苦奋斗十几年啊！ 敌人天天杀、砍，但是，中国人民不会屈服，没有屈服！ （鼓掌）现在敌人就在前面，同志们！ 我们现在要一起向前进！ 去最后消灭敌人呀！"随着他的话声，引起一阵热烈长久不息的欢呼。 这欢呼为山谷响应，悠然轰鸣，——这声音发生在一个小小的山谷里，这山谷只有树林、竹林和山石，这只是全国各路战线之中一个小小的山谷，可是这声音震响着广阔的全国各路战线，因为它代表了中国人民解放战争全部胜利的意义。 这声音，包含着痛苦、仇恨，也包含着胜利，包含着过去的悲伤，也包含着未来的希望。 现在顺着曲折的山路，点燃起无数熊熊的火堆，部队在路边休息、吃饭、露营了。

派出与前面兄弟部队联系的一科长雷英回来了，他还陪同师的参谋长一道来了。 师长、政治委员、参谋长顺着火堆走向前面去开会了。 情况是：今天上午已结束了追击阶段，敌人集结了一个师和两个保安团兵力在前面城里，昨夜，一度企图向西逃窜，兄弟部队立即派出主力攻占了西面的一个县城，切断了敌人向湘西（指沅陵、谷黻一带）逃跑的去路。这样原来师实行侧击敌人的任务改变了，兵团命令，他们作为攻城的主攻部队及时加入作战。 根据这一新的任务，师决定派出一个团到敌人侧后方协同兄弟部队进行攻击。 可是这里有两道河流汇合，东边面临洞庭湖，夜晚从高地看，只看到一片都是茫茫白水，这一个团只有乘船去迂回敌人侧后。陈、蔡团被指定担任敌后作战任务。 为了避免空袭，暴露目标，团必须在天明以前开出五里到十里以外去。

时间已很短促，执行这个命令，对于团是极其紧张而艰巨的事情，可是在陈勇和蔡锦生的坚毅的决心下完成了。 一批游击队员被派到战斗部队里面来担任攻城的向导，被派到这个团里来的不是别人，而正是游过长江的那个魏金龙。 当浩渺的烟波上闪出第一片黎明曙光的时候，船已经一条线一样，保持着一定的间隔距离前进了。

水涨得很厉害，当船划过的时候，看见不少村庄、树林淹在水里面。 远看黑兀兀一片荒林，只有萤火虫乱飞，可是一到跟前，狗就"汪汪"地叫起来了，有的房屋露一半在水面上，有的只露一个顶了。 战士们头一遭把全部武器都摆在船上去作战，所以有种特别新鲜、兴奋的感觉，彼此说着笑话："我们当了海军啦！" "嘿，关公大战庞德大概就是这样干法吧！" "响应号召，1949 年建立人民海军呀！" ……

只有王春心事重重，指导员李春合昨天夜晚就跟他谈了话，没有责备他，只是鼓励他，可是农民游击队员那段话在他脑子里翻来覆去怎样也忘不了。 原来他情绪一低落，一天一天就把南方当作一个可怕地方，——又热、又臭，到处是水、蚊子，他想不病死也热死，渐渐失去了坚锐的意志，从思想里找不出一条出路。 现在不同了，现在他找到了自己的亲兄弟，这血淋淋的事实，让他记起自己在诉苦时讲过的一句话："我知道天下受苦人是一样的了！"你看，他们听说分地是多么高兴呀！ 他想到人家还在受苦，自己倒分了土地；自己现在怕热，从前老部队下东北不怕冷吗？ 他想到三下江南大风雪中患了风湿症的团里的梁政委（现在的师政委），那样瘦，天一冷骨头就疼，现在他不一样满脸流着大汗，他不怕热吗？ 上级一再号召，指导员十几次解释、谈话，团结咱，我可落后了。 他愈想愈懊悔、愈苦恼，他想：眼看革命胜利了，——新中国要实现了，同志们都哗哗往前走，自己这样下去只有离开革命！……他在船上躺了一上午，就这样思前想后，自己责罚自己，他最后下决心立刻找指导员谈话。 指导员李春合就跟他坐到船头上来。 王春一坐下第一句话就说："指导员！ 我对不起上级，对不起党！……"话一出口热泪就滚滚流出来了。 李春合是了解战士的良心的，他们思想认识到哪一步，话就说到哪一步。 李春合就安慰他："老王，错误认识到了就好办，你这些日子生病、不服水土，苦也算苦了。"

"不，指导员，就是思想上想不通。"

"那你又怎么想通了呢？"

"指导员！"王春忽然从眼中发出怒火似的光芒，"自从听了游击队同志的话，——我耳朵里总听着前边那还没解放的地方有人在哭叫，——那里人在受苦，比我们在'满洲国'受的苦还苦，……"

王春的话深刻地丰富了李春合的思想。 李春合这一个富有朝气的青年，自从师政治委员在江北岸谈话以后，对他起了巨大鼓舞作用，可是现在，一个单纯的战士经历过无数苦难说出这句话，是这样加深了他的认识，这句话把解放战争的任务和灾难的人民密切联系在一起了。 他们俩互诉衷情，在船头谈了很久。 末尾，他们的谈话一致地转到当前战争上来，他们一致地认为这一次和兄弟部队并肩作战，要打一个漂亮仗出来，两个人都准备好好干一下子。 王春说："像在辽西战役一样，我……"指导员却严肃地打断他话头说："要打好这一仗，不是一个人的问题，我们全连要紧密团结，团结就是力量。"他伸出一个捏紧的拳头，王春望着他笑一笑小声说："指导员，你放心吧！ 我王春不认识问题的时候是落后，一下认识了，你瞧着吧！"这战前的铁石誓言是十分激动人心的，指导员一听就一把抓着王春的手了握，笑了笑，就算结束了这场谈话。

王春像洗了一个澡，他的眼睛发光了，脸上有了活跃的神气，腰板挺直了，……他从船头爬进船舱去。

李春合一个人还坐在船头上望着水面上的云影，他想："艰苦环境改造了一个战士。"他了解王春比王春自己还清楚。 王春诚恳、老实、勇敢，可是也是个有缺点的人，他从前给日本鬼子抓过劳工，当过黑人，受过罪，也受过苦，可是早就离开了劳动，就沾染了不少游手好闲人的习性，因此，立了功，还没有通过入党。 支部的意思，觉得他的革命立场还不够牢固，需要再经过一段考验，现在事实严酷地考验了他，他总算从艰难当中斗争出来了。 让李春合最高兴的是这个战士的战前这一个转变，他希望他会像一星火一下子把全连本来十分旺盛的情绪再旺盛，像火一样燃烧起来吧！他在考虑，——这一仗他要好好地和同志们一齐作战，——他应该在最后消灭敌人的战斗中，——让战士们永远记得他，记得党的领导是怎样去完成任务的！ ……当两只船靠拢时，他纵身跳到那只船上，去进行政治工作，酝酿战斗情绪了。

果然不出李春合所料，王春在这重要关头起了决定作用。 王春跟指导员谈过话，就直接去找杨天豹。 他们从江北争吵以后，已经十几天没开口了。 杨天豹这十几天也苦恼得抬不起头，现在他还别扭着个劲儿歪在船舱里不肯先讲话。 王春不去理睬那些，只是低着头歉然说："老杨！ 咱们个人是个人，打仗的时候可不能不团结。"

"我有什么不团结？"杨天豹懒着个声音说。

"老杨，这么说吧！ 我该自我批评的地方不少，对不住大家。"王春深沉地皱了皱眉头，"你说你南方好，我说我东北好，现在我也不能说我东北有什么比不上的地方，可是问题不在这儿，问题不是为了过好日子才到南方来的，咱们是为了任务，为了解放全中国的老百姓，你说是不是？ 我不对的地方，请你多原谅。"

这几句话，杨天豹可受不住了，他一翻身突然抓着王春两只手，激动得半天才挣出一句："老王，是我错了！"沉默了一阵，杨天豹说："从前我落后，往南走，我积极是积极，心里也时常想反正离家愈来愈近了，我就高兴起来，不管别人心里舒服不舒服，只管自己嘴皮子好过，那时，我实在也没想到这最后胜利还是要靠艰苦。那晚在江北，你带来游击队上的同志，他说的话我句句听下，我就几夜睡不好，我想也许不像我想的那样，也许我家早给国民党杀光了，——老王！你说得对，为了解放南方老百姓，——我们一道干吧！"

这时天色已晚，晚霞把湖水照得通红。今夜，他们就要迂回敌后进行渡江以来第一次激战。王春望着河水，他记起1947年夏季过松花江，那时，新参军的老乡，都兴奋得乱嚷："过了大江啊！"这是多么快的两年啊！那时他捧了一口江水喝下去，不久前过长江他也喝了一口江水，现在他问杨天豹："这是什么河呀？他妈巴的，左一弯右一拐，真多，咱北满可一抹溜平呢！"杨天豹一指说："老王，你往东瞧！洞庭湖，四海五湖的洞庭湖啊！"王春伸手去捧湖水想尝尝滋味。杨天豹却在思索什么。后来他问王春："你看，我能入党不能？"王春应了声："我看能。"他自己也在考虑，这回从火线上下来，指导员该把咱入党问题提出讨论了吧？

第十一章　火光在前

师部到达了前线的指挥位置，整天都在准备黎明的攻击，大家都又忙碌又兴奋。 一科长雷英，不断在竹林中的指挥所门口出出进进，他显得比往日更年轻、活泼、愉快，从他身上反映着指挥部所特有的一种非常可爱的气氛。 人们忙碌，但愉快胜任，他们不是单纯靠热情与勇敢，而是靠正确的判断与精密而科学的准备工作，来战胜敌人。 今天，师指挥部还有一种不同的空气，就是愈经过艰难跋涉，愈渴望这即将赢得的战争，从人们心理上叫作"像样的战争"，就愈想把准备工作做得十分完备。

只有师长陈兴才睡在一张竹床上面。 几部电话机安设了各条专线，有的指挥突击部队，有的指挥二梯队，有的指挥不同的炮兵单位，都放在竹床两边的桌椅上面。 他的恶性疟疾害得正厉害，昨晚由一个参谋一个警卫员架着才拖过那条不高的山岭。 现在黄昏前，卫生员计算了时间进来叫他吃奎宁，他却满面绯红，两眼干枯而发亮，还叫一个年轻的参谋把作战部署图第七次展开在他面前。 可是他眼睛向上望还是望不清，红色箭头和蓝色弧线常常模糊在一起。 他神经非常吃力，他用劲合了几次眼，再睁开，他看清楚了。 这时那纸上就不再是地图，而是阵地、河流、树林、起伏地、城池和选好的突破口、敌我火力点，他仿佛看见部队正在他亲自规定好的路线上运动，……他没听见卫生员的话，直到最后他由于高烧而昏迷了，把头伏在枕头上，但他心地还是清醒的，他还在构思某一个火力点重新配备的方案，但他说不出来，大粒的汗珠从他的额头上沁出。 很久，他低声问："三〇七（政委代号）呢？"

参谋说："到突击团去还没回来。"

这时，政治委员梁宾正从突击团往回走，脑子里还响着战士们动人的战前誓言，他顺便去视察了两处主要炮兵阵地，今天他特别仔细，因为师长病了无法指挥了。

炮兵阵地的壕沟里，一个麻脸的炮兵连长，对于横渡长江历史关键上未配合作战，已经伤心十几天了，这一回他拼命绕着大路赶来，因此满面光彩，他对政委反复说："首长！保险五分钟扫开突破口！ 首长！"

炮兵阵地上是一片紧张忙碌景象，弹药手打开炮弹箱，细心地用布片擦炮弹，炮手走来走去，驭手在翘着屁股加宽工事，栽装伪装树枝。 政委得到的印象是完满的，战士士气昂扬。 当他走到指挥部，从竹林外就开始小心翼翼，踮着脚，放轻脚步，侧着身子慢慢走进光线开始昏暗的小屋。 可是他大吃一惊，看见师长正在打电话。 他发怒地叱责："卫生员呢？ 你在看护首长吗？"卫生员垂手立正，两眼望着师长，无法分辩。

陈兴才像淘气的孩子一样放下电话听筒，说："我告诉突击团一个火力点需要修正。"

"三〇六(一般是在严重心情下政委才用代号称呼),你需要休息！我们对付得了。"

他把汗湿的军衣摔在椅子上,他却兴奋地两眼炯炯地说:"他们搞得很不错,老陈！不要看不起,干部都提高了！你说哪个火力点?"

师长召唤:"小参谋,拿地图来。"

"不,不,"政委忽然说,"不用你管,我们应付得了。"他挺立高大身躯,弯着头,跑到桌前去看作战图。

时间在前进,——前进,……

政委又打了几个电话以后,小屋里就非常平静了。

天黑了,一切都准备得异常周到,现在只等时间,时间一到,胜利就会出现了。

师长疟疾又发作了,高烧使他完全昏迷了。他在朦胧中只看见无数火焰飞舞、跳荡,火焰在烧他。突然他清醒了似的,随即又什么都不知道了。他模糊地记起那一夜,——在悬崖绝壁上,他决心点起火把,无数火把,红红的,——他突然紧张地坐起来,又昏倒过去,他在呓语着:"火……火……"

梁宾望着他。梁宾自己经过这二十几日夜艰苦行军,他眼窝深陷,颜色苍白,不过嘴旁两条纹显得更刚毅了。

战斗就要开始了。侦察员已与渡船迂回敌后的团取得了联系,陈、蔡团可以按照规定时间完成突击营登陆。

政委又摇着一只直通正面突击团的电话,问准备情形,他也得到满意的回答。

"一切进行良好!"是的——一切进行良好。 他站在那里,把手扶在带皮套子的美国电话机上,他昂着头,他在思索。

他想着这十几日的经历。

啊! 不简单的经历,有的说比二万五千里长征还艰苦,可是这究竟是在胜利中前进啊。 在东北一下江南到三下江南,那时不也有人说,那才真是困难呀,可是过来了,胜利了。 二十几年里经历过多少这样的困难,都过来了。 这时他眼前出现了他的老母亲,她白发缤纷,枯瘦如柴,她伏在他胸前耸着肩膀哭过可是她眼睛里那样炯炯闪光,坚强地指着父亲牺牲的地方说:"你再瞧这里!"他又记起不少牺牲了的同志,中间也有自己的亲兄弟……梁宾心情无限紧张起来。 正在这时,门外有人送进军政治部送来的一卷"新华电讯",他不禁对于宣传部同志们在这样艰苦作战情况下,坚持工作的精神,浮起一种崇敬之感,他叫警卫员赶紧再点起一支蜡烛,这是他唯一存在自己皮包里的半截蜡烛。 烛光发出喜悦的亮光,他坐下来热情地读新闻,——他突然读到一条新闻,那是——毛主席的讲话,油印字清楚地写着,是在新政协筹备会上的讲话,是最近得到全文补印出来的。 此时此地,他忽然得到毛主席的文告,他简直喜欢得喘不过气,他全身心紧张地来读它,当他读到最后一段:

中国人民将会看见，中国的命运一经操在人民自己的手里，中国就将如太阳升起在东方那样，以自己的辉煌的光焰普照大地，迅速地荡涤反动政府留下来的污泥浊水，治好战争的创伤，建设起一个崭新的强盛的名副其实的人民共和国。

他庄严地站立了起来。他口一面读脑子一面想，无数回忆又新鲜地出现了。

他记起，——他从中央苏区走到西北，又从松花江走到长江，他曾经看见多少老百姓流离失所，多少村庄烧毁，多少桥梁崩炸，多少车站变成可怕的废墟，……这二十年间，敌人是怎样摧毁了这个国家，可是人们坚强地站起来创造了自己的一切。他记得有一个清晨，他到达一个小车站，这一个小车站像一片焦土，只临时砌了一间小小土屋，就从这小土屋发出一列一列南下列车，人们不分日夜，把一切破坏了的恢复，立刻庄严地进入战争。他深沉地自语："这就是新中国，——我们的！只有现在才完全是我们的，这国家是受过很深的创伤，很深的创伤，可是我们爱这个国家，因为它是我们人民拿血换来的，——现在，它是我们的，第一次完全是我们的了！"他两眼闪闪发亮，热情地望着面前无限辽阔的前途。他觉得"我们"这个词在这时竟包含了他一时说不出来的无限丰富的意义。他好像为长久的斗争——前仆后继，找到了一个鲜明的结论，他又自语："同志！只要属于我们，荒地上就会出金子啊！"一种深深的感情让他眼睛湿润了。

当他捧着毛主席的讲话，这样快乐地想着的时候，突然，他看见师长凶猛地一下坐起来，睁着红红的两眼，一下又睡下去，昏迷不醒地大声呓语着："火！火！"这时政委惊醒似的弯下身去看看表，政委脑际敏捷地闪过一句与这一切似不相干的话："火，烧不长了，同志！"他指的是——在前面，敌人还占领的最后一块中国国土上，在那儿不是如同一个火池吗？人们在那里，不就像在火池里一样吗？！……

雷英和黑麻脸的二科长柴浩一起冲进来，报告："信号弹亮了！"这是说陈、蔡团已在敌后完成登陆，开始攻击。政委迅速地拿起直接通往炮兵阵地的专线电话大声喊叫："喂，喂，——开炮呀，伙计，炮弹是你们一颗颗背来的，要好好打准呀！——打到残余敌人头上呀！打到反动派头上呀！干呀！"

他像一阵旋风一样奔出屋外。

远处有机枪声，忽然空气在震动，第一批炮弹"嗡——嗡——"地横空而过，向敌人阵地打去，一阵火光，然后传来巨大的轰隆、轰隆声，爆炸了，爆炸了。火光，火光，一条线的熊熊火光。人民的无敌炮兵，经过锦州、辽西、平津各战役之后，第一次在这遥远的江南重重打击敌人了。

师政委梁宾笑嘻嘻地昂头用望远镜观望着那些弹着点的

火光。 突然，师长陈兴才从后面跳出来。 他从昏迷中听到炮声就立刻清醒，虽然面色苍白，他可又激动、又快乐，他立了一下就说：

"给我！"

他一把从政委手里把望远镜抢去。 忽然他头也不转，急躁地命令："电话兵！ 把电话机搬到这里来呀！"他立刻在这里亲自指挥进攻了。

离他们正面阵地约十里地，在敌人侧后方有一片高地，有一条河流，六连奉团的命令在这里登陆。 连长秦得贵和指导员李春合因为突破任务给了七连而有些不愉快。 可是一登陆后，他们马上鼓舞战士们说："只要七连撕开裂口，六连就勇猛地攘进去！"他们站在黎明露水中，不一会儿，他们一齐举头，看到六颗照明弹"哗"地一下高高冲上天空，照得天空熠熠发亮。 魏金龙在敌人统治下过了十几年黑暗生活，现在眼看着自己人这样一点用不到隐蔽，发出信号攻打敌人，他的两眼都因为过度喜悦而涨满泪水。 这时他们立刻听到远方正面阵地上如同天崩地裂响起一片轰隆声。 愉快呀！分不清颗的炮弹在爆炸啊！ 像整个炸弹堆一下点着了呀！他们马上看到黑黑的夜里有了火光，这里，那里，开始像无数蜡烛点燃，忽然扩大了，许多蜡烛又会合起来，变成熊熊大火。 枪响得很激烈。 不久团的通信员跑来，连长举手向前招了一下，六连立刻投入战斗了。 王春先摸了摸左面小口袋里的战斗模范章在不在，而后决心大胆地跑向前去。 当他们通过一段水田地，向一块高地冲锋时，在火光中看见杨天豹哈着腰跑在前边，他咬咬牙拼命赶了过去。 他第一个跃身跳入敌人二线战壕，因为用力过猛，把壕边蹬塌，他扑通一下没站住脚就扑倒在地下了。 杨天豹一跳下来，就看见有人正举着刺刀向王春刺去，战壕窄，他来不及拨转枪，就急着一跳挡上去，和那个敌人抱在一起。 这时火光一黑又一亮，一声巨响震动在空中。 王春刚刚发现杨天豹在跳上去时吼吼叫着，他就一翻身跳起来喊："老杨！"没有人应他。 他只听见脚边有人像把鼻子堵塞喷不出气来，呼呼吼着。 他蹲下身，他摸到杨天豹的脸，手上立刻粘了黏湿的血液，他又叫："老杨！ 老杨！"恰好这时火光一闪，他看见杨天豹面色惨白，从太阳穴到下巴尖淌着一股发亮的鲜血，英勇地牺牲了。 王春抱着杨天豹，他难过极了，心中真是千言万语，一下子说不出来。 他抬起头，前面枪声非常激烈，一条条黑人影正是自己人在向前攻击，显然这个阵地上的敌人被歼灭，我们继续前进了。 王春不能不前进了，他把杨天豹抱到一棵树底下，心里记下这棵树的位置，而后含着眼泪往上跑。 当他顺着突破口进去，在那红布似的火光中，他看见一个人举着一面旗子在奔跑，这时他看见魏金龙跟了那人低着头猛跑，他知道那一定是攻击方向，就也加紧跟上去。 突然一声轰响，那人倒下来，他跑上去一看不是别人，正是指导员李春合。 李春合给炮弹炸伤，他还向前面举着手喊叫："共产党员！ 上前面去呀！ 我们胜利了，上前面去呀！"这时王春热泪终归忽地流下来了，他从指导员手里接过红旗冲了上去。 从弹火激烈程度来看，火线上显然正在进行最后歼灭敌人了，这时天已破晓。

这个故事就在这里宣告结束吧！ 最后的胜利进军还正在蜂拥前进。 过去，在战场上我们走过多少路啊！ 经历过多少次风雨晴阴不定的黑夜或黎明，我们看见前进的方向上有火光，那是灾难的火光，现在我们到了最后扑灭闪在前面的灾难火光的时候了。 黎明升起了，在我们的前面，那将是新的火光，辉煌的欢乐的火光了。

一

从早晨就落雨。 推开窗望了好几次，雨总是灰屑似的，紧紧落着。 桌上的表，已经到达了一个指定时间，是一位朋友来访我，恰好我不在，他留下小纸条，叫我在这一天这个时候去看他。 我只好戴上帽子走出，到江汉关搭了轮渡过武昌来，寻找到那纸条上写明的胭脂山一个地方，一家两扇黑色板门的人家，我推开门进去，有几步宽的天井，便是客堂，左手有一个小门。 我叫了几声没人答应，就又走进那间房里。 在那房里，除了一张红漆方桌，几把椅子，是多么空旷啊。 桌上摊着零乱的报纸和茶杯。 污秽的窗玻璃上，透进光线，几乎不易看清屋底。 我正想退出，突然，另一个角落里的一扇门开了。 我听见一种尖细的女孩子的声音：

"你是找勃生吗？"

我点着头"唔唔"了两下，就顺便看了她。

她有矮而活泼的身体，椭圆的脸，头发梳得很齐整，披在耳上，两只大眼睛，但我立刻看出那眼里含了戚然的暗影。

她似乎知道我是被约而来的，甚至她似乎知道我是如何的个人。于是她走到窗前，再回过头来，用颤抖的声音说话：

"你来的是时候，勃生却一清早，不能等看你一眼，便走了。"

这些却暗示了一种奇妙的感染力，立刻在我神经上起了反应，可是结果我还是漠然地站着。

"你奇怪我吗？……我不是他的什么人，我只是由于同情，……"

"那——你……"

"我叫杜兰，一个初中学生，——也好像他所说，一个太单纯的孩子。"

"那……你一定知道一点勃生为什么……"

"这，你不必关心，这是他叫我交给你的一封信，不过，你一定得回去看，给你！"然后她赶紧用脊背对了我，我就退出来。

是落雨的原因还是怎样，我心上感到无限的烦扰，好像这些事都是没头没脑的。在过江轮渡上，我就想把信拆开看，但立刻想起杜兰最后说话的严肃态度，也许这信是不宜于在随便什么地方露出吧！一直等到回家，走上昏暗的楼梯，扭亮了电灯，急忙看那信，信是如下写着：

"并不是什么了不起的事，只是因为轮船起碇改了时间，就得立刻走了。在这曙光刚透过雨丝照在窗上的时候，我开始模糊地看清窗外的桂花树。 但是她，这个单纯的孩子，一定会吓你一跳，她会这样，她时常有点残酷的不顾旁人着急的。 我最初就是因为这才对她注意起来。 不过，这孩子是那么一个可怜的人。 她又不允许你对她有一点怜悯，她对这会起反感。 她也许不肯把这封谈到她许许多多事的信交给你，我这几天来是如何努力地把你介绍给她啊！ 我说你有热情，有勇气，我这样形容你：是会从内心发出火来的那种人，会在人生的道路上，以自己的火为人照出道路的人，……可是谁知道她会不会把这信交给你呢。 然而除了经过她的手，又能经过谁的手呢？ 人给一种强的意志力所支持，原不足怪，可是在她的年纪是太早了，不，这里就正埋伏在这大时代里一幕悲剧的线索吧！ 假如可以的话，把这时代比作一株生长的树，我们是那上面的一片一片叶子，叶子落了，再生新的，都是为了树的生长，我为什么说到这呢？ ……并不是奇怪，昨天，我在这里度过最后一个黄昏，她好久好久凝睇着窗外的桂树，忽然回头问我，'树叶子能不能不落呢？'我看见她眼里是多么圣洁的光彩啊！ 那是她从灵魂深处点燃的两只小火把啊！ 然而她为什么这样问？ 为什么这样问呢？ ……可怜的孩子，可爱的孩子，她走的人生的路还多么短促，但是她的思索已超逾到如何如何远的前面去了。 我在这里住了五个月。 最初我并不注意她，像不注意一只鸟或一只猫是相同的，然而她以她意志力的表现召唤了我，叫我走向她。 原因是我们有一种共同的命运（她和你也是一样的！）。 你也许会逢到，那你注意！ 这家那对老夫妻，是如何慈悲的吧！ 他们永远以无限的爱抚加在这小动物身上，但是她，常常还给他们以暴怒，或不好的颜色。 他们会为这时时引起的小烦扰而流泪，却从没一句埋怨话。 他们对另外几个小孩也是慈爱的，却有种种责罚，独独对她，是连一手指也不肯杵她，——这就足够我奇怪的了。 ——我这窗外有一棵老桂树，你知道，去年来住时，桂花正开放。 我喜欢把窗推开，让香味立刻进来。 她常常来趴在窗上，看着花半天都不响，也不动。 我和她就从这沉默中熟悉起来了。我才如同发现新大陆的哥伦布一样，发现了她同这家庭的一种秘密关系。 如果说我先注意她，倒是这个小孩子以她特殊的，也许先天的（假如可以这样说的话）智慧来同情我了，——我的贫穷，时常遭到饥饿，不清洁的蓝褂，奇奇怪怪一些来访的客人，尤其在这一点上：我是从遥远的北方流亡出来这一点上，掀起她心灵上第一页冒险的注视。 于是天天以那小火把的眼睛来照我的路。 我渐渐知道她——原来是一个无父无母的孤儿。 最初这老夫妇只以一种人类崇高的责任感，才产生了感情。 是 1927 年，那时武汉是风云际会的时代，从这里面却来了摧残的风暴。 那时在我这有桂树阴影的屋里，原住着一对青年夫妇。 当时的变动是突然的，一个夜晚，他俩敲开老夫妻的房门，脸是烦恼的，说把这孩子托给他们，过几个月就回来，便踏着黑夜的路走了。 ……谁知到现在整整十年，他们却没回来过。 这孩子长大了，她知道这些历史，她知道这屋子的重要的意义，这老桂树对于他们的意义。 ……现在天已大亮，雨却落了，我知道顶多还有十分钟耽搁，我心里忽然难过起来，因为我就要叫她来了。 这怪癖的小孩子，假如我不叫她，她会愤怒很久，因为她要送我到轮船上去。 你呢！ ——让你知道，她在命运上是属于我们一齐，而不是属于那夫妻一道的，虽然我们将给她颠沛流离的生活，而他们会给她温暖，但这有什么关系呢！ 你会为了帮助她而快乐的，因为我看出她不会辜负你的。 至于我——只有一句话：在一条路上走的人，迟早是会碰到的。暂时告别了！"

我看完它，我两手拿着它，我重新温习了一下，那突然闯入却不肯即去的影像，暗伏在这影像背后的一段凄凉故事，更那样纠缠我。 我立刻后悔，刚刚那样轻易就离开她了。 我低下头，望着染了泥星的鞋尖。 我知道这绝不是一种单纯的责任感，因为她并不是一盆花，朋友走了，委托我，我天天给以阳光，给以灌溉就行了。 问题是她的经历感动我。 我退后，坐到窗下一只破藤椅里，吸烟。 我忽然想到一个问题，使我微笑起来，——立刻却浮上来一阵冲动，又抓了湿的呢帽，准备出去。 我走下楼梯，楼梯是那样黑暗，虽然底下裁缝店里的电灯照上来，还是十分暗淡。 在楼梯转角处，突然一阵皮鞋响，一个人走到我面前来，我仔细一看是李青，这真是一位不速之客了。 立刻，我脑子里另外转了一下念头，便轻轻地告诉他，我原是没有事，想到雨中去散散步，就和他一道又回来。　他把手中提的一个黄牛皮纸袋放在桌上，从里面滚出金黄色的橘子来。

十五烛光的电灯，是朦胧得让人气闷的，在许多夜深的时候，我伏在案上工作，是情愿关了它，而以洋烛来代替的。

前楼住有两家人，是拿薄薄竹篾编的墙隔开来住的。　有扇大亮窗的那一半，住着裁缝铺老板娘和两个小孩子。　夫妇两个时常为了细事口角。　有时在深夜里也弄得楼板咚咚响，小孩子要被压死似的大哭。　另一半房间住着一个左臂残废了的老女人，白发缤纷，天天拐着两脚，手上挂一个竹篮，到市场去。　从我门前过，总是偷偷窥察我。　在我的楼梯下，就是出后门的路，厨房在这儿，自来水龙头永远关不紧，总是"滴滴答答"地响，学徒的劈柴，和为了买鱼而争吵，都是在这块地方。　一天三次，总有烟气和鱼腥味，由下面楼板缝里钻上来，加深我的烦闷和苦恼。　早晨，那老女人窥察的眼睛总给我无限的不舒适。　更可怕的是和我并排的那家邻居的后楼上，住着的一位三十岁的湖北女人，有两颗龅牙齿，把上唇支得高高的，她每天不知和什么小贩之类吵骂，她能一口气像流水似的骂上二三十分钟。　我就在这些杂乱的烦扰里，也已住了两个月。　因为当时的武汉，想在这一带找这样一个宿处也就不容易了。　今天却特别沉寂，而落得窗玻璃上一串跟一串往下流着水注，外面的路灯比屋里还亮些，于是屋里更显得闷塞、阴湿。　我和李青就这样一声不响地剥着橘子皮。　忽然他说：

"你还是想方法搬个住处吧！"

"我似乎给烦扰弄得已经麻痹了，能搬动一下自然好，不过，其实到处一样。"

我就此停止了。　因为再说下去，一定又重复李青听过不止一次的话了。　果然，李青抬起头一闪那亮亮的眼珠：

"又要来你那一套怀乡病吧！"他沉吟了一下又说，"其实就搬到武昌去也算了。"

这时，立刻像有一阵光亮掠过我黑暗的头脑，我看见一间房子，有窗，窗外有天井，天井里长着一棵桂树。　但这只使我的心跳了一下，就放下了。

李青看看手表说："我们去吃饭！"我就听从地跟了他往雨地里跑。　一个在北方生长惯了的人，真是不习惯在雨里走来走去。　可是雨永远不停，你又不能不出去，也只好把自己淋得湿湿的了，最讨厌是那脚底下的泥泞。　这次，我们还和每天一样，拐过一条角，往江汉一路走。　那面灯光也并不很亮，只是好多人力车和行人，践踏着泥泞，从你身边过去。商店的玻璃窗口，好多处是沾了雨珠的。　我们走到一家宽敞的广东酒馆里去。　在那里面，有许多穿黄呢子军装的人，把穿了长筒马靴的腿伸得直直的，很悠闲地一面喝酒，一面谈天。　我是从来不喜欢在馆子里谈天的，就在等菜的时间，我也那样沉默。

李青是我中学同学，那是十年前的事了。　有一次闹风潮，他被挂牌开除之后，一分手就是这样久。 这回在武汉很意外地相逢，而且住在一条街上。 这时我悄悄地问他："你还记得从前在学校的事吗？"

他点了点头，但突然一阵凄苦的暗云，极迅速地在眼角出现了一下，随即没有了。 我半晌望着他，觉得他真的苍老了许多。

不知为什么，每天相伴消磨初夜的朋友，今天我却只想早些离开他，吃过饭便推说有一点事情，望着他摇了肩膀从人丛中消没，我把两手深深地插到大衣袋里，拉低了呢帽的边沿，便在落雨的长街上，一直走去，心上涌起无限的思潮，——如同不安稳的海边的一块岩石，我的心，那样不断地受到了浪潮的击荡。 这天，短短的一个下午，一扇活生生的人生的门忽然对我大大地张开来，我看到在那美丽的桂木的木槛上，坐着那个有两只大眼睛，以忧郁的神情望着世界的女孩子，我默步着，雨滴开始从帽檐上滴落，……我无论如何分不清楚，单单是这女孩子的面孔，还是她背后那不平凡的经历，在吸引着我；总之，是新奇的生活，是我没想到的那种生活，那种命运；而载负了这命运的是那样年纪的一个孩子。 ……走到大世界附近，街上是漆黑的，商店的灯光是暗淡的了，我才折转身往回走，感到寒冷，谁知雨却大起来了，跑回家，淋得湿透了。

二

第二天一睁开眼，听到楼下，老板娘正在和卖鱼的小贩争价钱，……穿过前楼的隔壁，一条太阳黄浊的光线，落在我的窗玻璃上，反射出紫的和青的光来。

我忽然想起昨天李青告诉我的消息："敌人扬言要轰炸汉口市区了。"虽然这几个月来，在南京、长沙以及旅途上，不断地受飞机的骚扰，炸弹、扫射，已经锻炼出我一副淡然处之的心境，或说是麻痹。今天这黄浊的阳光，却给了我一种启示，我匆匆穿了衣服，决定到武昌去。临行环顾了一下这霉湿污秽的小屋，微微笑了笑，好像是说：我回来也许只是一堆灰烬而已。顺手拉开了一只抽斗，里面是最近由北战场带回来的材料和一束稿件；但我皱了皱眉，又慢慢推上了。拉开另一只抽斗，看了一眼，把勃生的那封信拿起来，又稍稍看了一次，放在口袋里。便连门也没锁，只托付一下前楼的老太婆，就出门向码头上走去。不过，天又阴淡下来了。

过了江，在江边彷徨了一会，曲曲折折地走到粮道街一家小公寓里来。

走上那松弛了的楼梯，到一个房间前去，而那房门锁得紧紧的，朋友出去了，我只好又下来，就在公寓门口，心下不觉浮上一句问话：

"到哪里去呢？……"

就向胭脂山走去，一会，就立站在那两扇黑色的门前了。我敲了门，来开门的是一位瘦瘦的满头白发的老妇人，用一对极慈祥的眼，在打量着我。我立刻觉醒，怎样对她讲呢？我不能告诉她是来看杜兰的，那她会怀疑的，我这样一个年青的陌生人。我虽然知道她们对待勃生很好，但我又不愿说那样多的话来讲清来历。谁知在我犹豫的时候，她倒解救了我，她安详地说：

"先生——你是来看房子的吗？"

"唔，唔。"我只好随意地这样答应着了。

一会，我就走到昨天下午来过的那间空房里。我又看见那桌上的乱纸，我又看见窗玻璃外那桂树的枝丫。我看昨天杜兰走进来的那角门，门却关着。

"先生……这房子是要收拾一下的，原来住着一个没有了家的北方人，一个年纪轻轻的……是很好的人，他很穷，饭有时没的吃，但也从不肯拖欠一点租钱。这乱腾腾的年月，人们是在受灾受难，听他说成千成万的人赶得没有家了，风里雨里乱漂流，——噢先生，你也是北方人？……"

我默默地点了点头。她又悠悠然在讲：

"这比民国十六年遭的难还要大，——听说日本飞机又要炸汉口了，是真的吗？快些搬到武昌来住吧！"

由老年人娓娓的谈吐里，我感受了无限的温暖，她是真的同情像我们这些已经失去家的人。于是我相信勃生告诉我

1947 年在东北解放战争前线

1951年，刘白羽第一次赴朝，在前线高岩山阵地最高峰上，与38军军长江拥辉（中）及陈外欧同志（左）

1958年在亚非作家塔什干会议上，与亚非作家合影（中间为刘白羽）

1961 年在亚非作家东京会议主席台上(左一为副团长刘白羽)

在军事文学创作会议上讲话,右为艾青

1984年,老山前线合影,刘白羽(前左三),李瑛(前左一),苏策(前右三),
范咏戈(后右一),陆文虎(后左三),佘开国(后左一)

1996 年,80 岁时,着石油工人服装,在塔里木油井前

1984年东京笔会，刘白羽（中国代表团副团长，左二）与巴金（中国代表团团长，右二）、朱子奇（左三）

1984年，老山前线，佘开国、刘白羽、陆文虎（从左至右）

上世纪 80 年代初和夫人汪琦在家中

这家老夫妻是如何慈悲的话来；甚至连昨晚李青劝我搬家的话也想起来。 不过我的心倒有点跳，我含糊地应付了几句话就退出来，看到在小小的天井里，一个颔下一绺银白色胡须的老人在踱步，看见我微微点着头，把手扣在胸前微笑着："要炸汉口吗……武昌也免不掉吧！" 于是我感到一种悲哀的酸意，很快从心底爬上鼻尖来，我昂起头。 我看到那忽阴忽晴的天，潮湿的地，这将要绿起来的桂树，不都是平静的吗？ 但从老年人嘴上听来，这地方是受过多少次血的渗透了。

我刚刚往蛇山的小路上走，杜兰忽从迎面走下来。

她穿着蓝哔叽的短大衣，红绒袍子，手里提了一只黑布书袋，她是慢慢走着的……这会把头一扬，微微抖了一下那整齐的短发，那天真的笑脸，在阳光里，就如同露水里的花朵一般清滢与可爱。 我再寻找昨天所见的眼睛里的戚然的表情，却没有了。 我只看到那黑黑的眼珠是那样深湛地凝视着。 我立刻笑了，我想我从昨天一直到现在以前，是把她想得年龄太大了，实际，这面前不是一个小孩子吗！ 她有时也忧虑，但她大半是愉快的。 她点着头笑着。

"吴先生！ 我知道你今天来看我，我早一些回来，到我家去吧！"

她来牵我的手，我让她拉着，但是我说："你看，杜兰，走一走不好吗？ 我愿意走走，你陪我。"

"是啊！ 春天快来了！ ……"

我们便走上蛇山去，我望着从那窄窄山脊上能够瞭望得到的空旷的天地，树和草都在发出褐色闪光，远处有几片湖渚更放亮地玻璃似的闪着白色。 远近的房屋整整齐齐地排列着灰色的花环，许多人在那中间来来往往的。 杜兰站在我的左侧约隔两步远，尽在观察我，半天就叽咕地笑了一声说：

"勃生也喜欢这里，有时候落着雨在这块转来转去，他说烟雨里比晴天还好呢，是吗？"

我回过头："你说呢？"

"我不知道。"她故意地摇了摇头，进入沉思了。

我们的说话涉及的范围虽很多，但我觉得我们各人具有一种谈话目的，如同在雾蒙了的海上转来转去的小舟，总逢不拢来。 她的谈话总在接近勃生和我的生活，不知是为了好奇还是为了同情；我却想多少知道一些关于她亲生父母的事。 老实说，一个深夜，两个逃走的人，委托下一个小孩子，而就是站在我面前的小姑娘，这样事，对我发生了一种吸引的力量。 不过我又不能直截了当地问她，我怕她为这伤心。 我时常为她的话锋所窘迫——那时她的眼里露出一种极恳切希望的光来，似乎说：我是多么愿意知道那些新奇的事啊！ ……于是我便讲了一些我们七月里由北平逃出来的故事，我说："那时天气热极了，……是八月二十九号，我和勃生化装到了天津，在一条租界的街道上，一处临时难民收容所，住了几夜。 那家难民收容所原是一个小小的福音堂，那穿黑袍子，胸前挂一个木制十字的老年人，尽扰乱我们，叫我们跪下祈祷上帝，他颤抖着嗓子说：'上帝的孩子们，你们都是犯了罪的，请求上帝饶恕吧！'我们不这样做便不给饭吃，最后气极了，一天清早，我们扯坏他那锁住的门，搬到广东小学去住，勃生还给他留一个条子：'请你的上帝去饶恕那些日本人吧，他们才是犯了罪的。'……"杜兰对于我所说的故事，是那样兴奋，那样仔细听着。 我讲完了，她还是张嘴等待着。 谁知从这一个开头，以及后来我无数次讲给她听的故事里，却在她小小的纯洁的心房里种下了无限的仇恨了。 因此，她听着，她羡慕着，继而思索起来。 这天，我和她在蛇山上走了一些时候，已是下午，我们都饥饿了，她挽我去她家里，我推辞了，却也没告诉她刚刚看房子的那幕短剧。 最后我站在山上，目送她回家，她一面走，那样荡着手里的书袋和短短的黑发，好几次回过头来招着手。 我并没有立刻离开那里，坐在一株树下，看着远处的太阳，一直到它落下去，我相信我的脸完全被照成红色的了。

三

是为了生活还是为了工作呢？ 这两天我又不得不把自己关在上下四面都是枯朽了的木板小屋里，坐在桌前，写着东西。 把两扇玻璃窗推开，风便吹到桌子上，吹走了香烟灰，我倒很高兴，从这风里嗅到种种春天的气息，窗前伸手可以摸到的电线上，有时是燕子，有时是麻雀站着叫着，蓝色天空很高很远，使我想到北平有名的蓝天了。　我便写了几封信给朋友，都说我很愉快，很乐观。　的确，那时节在武汉住过的人都会感觉到，人们从战争初期的茫然里走出来了，虽然仅仅七个月，人们却看得清清楚楚，那最后的希望鼓励着大家，大家都浮在热潮里。　可是这晴天，并不会被人像往常一样喜爱，前楼的老板娘说怕一定会有警报，早把包袱收拾好了；以致街上人都不多，整座楼也寂静了许多。　忽然我的门上"嘟嘟"响了两下，我去拉开门闩，原来是前楼白发缤纷的残废老太婆，来请我把她儿子寄来的一封信念给她听，我看了那下面的信：

"母亲大人膝下：儿厂内日来已经停工，儿无饭吃，也不愿回家累你，还想这抗日时期，儿年轻力壮，应当为国效劳，儿决去信阳参加队伍，请大人不必惦念，同行有厂内同伴三人。　家里生活还请阿福哥多多维持，儿不知何时回来，请勿流泪，万安。"

当我读到如上的几句话，那么坦白而又真挚的话，我望了望那残废的老太婆，我踌躇了。

我原从裁缝店的学徒李阿三处知道，她是一个被男人遗弃了的妇人，只有一个儿子，在厂内做工，刚刚十八岁。　我不知道应不应该把这消息如实告诉她，那岂不等于告诉她：你唯一的生命的希望已经断绝了吗！　但我又不能隐瞒这十八岁的孩子对他信上所谓的阿福哥的委托。　在这样踌躇的一瞬，心下充满两种感情，我好像由这件小事上，看到这个大时代的小小的缩影；这是悲壮的鼓舞，而随后一种悲哀却淹没一切，我望着这生与死的悲剧里的人物……最后我走到窗前，我不让她看见我的眼睛，我骗了她，我说："这是他写给阿福哥的信，你送给他去吧！"然后我听见她道谢，她笑，她走出去，她悄悄下楼的声音。……

正在此时，突如其来的，警报响了。那声音带着震撼人心魄的力量，像从天空里落下来一般狂叫起来。跟着这响声，我听到街上立刻人声沸腾了。我不自觉地心情有点激动起来，奔到前楼窗前往下看，满街是人——喊着、叫着、驮着包袱箱子、小孩子哭着，他们都是往法租界江边上奔跑，脸都惨白；悲凄的愁云，跟随警报声响马上笼罩这里的市街，一切陷于慌乱、恐怖。我不想动，更不愿挤在人丛中跑，只是一股愤恨的火在燃烧，便低下头，走回小屋，想冷静，坐下来，只是吸着香烟。谁料到在此刻，从楼下后门外，听见有尖细的声音在喊叫我："吴先生！吴先生！"我推开窗望，原来是杜兰，我便话也没讲，匆匆点了一下头，飞也似的奔下楼梯去开门，头一句就是：

"怎么这个时候在外边跑？"

"我在街上玩，听见警报，想起你在这地方住，就跑来。"

她还讥笑似的告诉我："你看，他们简直是疯子一样地跑呵！"

我无可奈何地望着她，心下想：你这不知道痛苦的灵魂，你好似不知道这警报声所含的死亡的威胁，你一点也不畏惧……

上了楼，她坐在靠窗的椅子上，两眼一直盯视着天空，好像等待那飞鸟一样的敌机到来，好仔细地看够，这使我又是喜爱，又是怜惜。 我记起去年秋天在南京的一次大轰炸，我在国府路所看到的情形，那房屋整排的变为瓦砾堆，许多块血肉贴在未倒塌的墙壁上，女人的长头发一绺绺挂在电线上。 我在那散满黄色硫黄的地面，看见一只十岁的孩子的腿，血糊糊的……这时我拿眼去看杜兰，她也正转过面孔来望我，她立刻问：

"你在想什么？"

我一时给她问得答不出，眼睛却有点潮湿。 她跳开来，拉着我的两手，也露出要哭的模样。 我赶紧笑了，顺嘴把刚刚警报前那残废老太婆的故事告诉了她。 最后我说："她现在也许知道了，她一定很痛心，失去儿子的人总是难过的！"

杜兰突然问："你有妈妈吗？"

我见她颜色变了，我才发现我说这诳话，倒不如把我所想的告诉给她好些。 我半晌说不出话来。 她却说：

"你知道吗，我听学校里的张先生告诉我，她顶喜欢我，她说现在时局不同了，多年前从武汉逃亡的人，现在又有人回来了，她说：我的爹爹和妈妈，有一天会来拍我们的门，说：'杜兰，我回来了！'"

"你不喜欢现在养你的老妈妈？"

"不，——她只让我像她一样活，我不，我早晚要像我爹爹妈妈一样活。"

我像在打开了一种小小的心灵的窗子，看见里面热情的火焰，我不响，我望着她的眼睛，那眼睛发着倔强的光芒。

"我听说我妈妈是山东烟台人，个子高高的，很美，我长得那样高时，就和她一样做事了。"

我不愿让这个小小心灵上所受的损害，再多温习一次，我愿意让她暂时忘记，便想用话岔开她："杜兰，一个人长大了，不能尽想妈妈的，你看，我就不想。"但是不知怎样，一种感情的激动，使我很快地忘了我原来的心愿，我忽然对这还太小的人说了很多我不应当说的话。我告诉她，当我不得已逃出家来的前夜，母亲怎样流着泪说："孩子，也许今生看不见了。"我说现在那里已为日本人占领了，说不定母亲已经死亡，家也许被拆毁，连树也烧光，小孩子腰斩在血泊里了。我始终有回去的心，这仇恨是总要报偿的，不过那时恐怕连灰烬也看不见一片了。何况想到这些，那仇恨的心，是多么深刻地在激动呵。不过我一次也没说过，今天却在这纯洁的灵魂面前尽情地泄露了。说了，我立刻就后悔了，我想："像这样年龄的孩子，应是在黄金的日子里，为什么过早打破她的幸福，让她知道的尽是人间的丑恶呵……"这一代的孩子，的确是处在一个最艰辛的时代！应该坐在学校教室里的时候，炸弹却告诉他们毁灭与死亡了。……因为在沉思，我一声不响，这使她焦急起来，她摇醒我，我摸着她软软的头发，勉强笑着问她：

"你在学校干什么？"

"我参加宣传队，募捐队，……勃生叫我参加的。……"她提到勃生，眼光就亮了一下。这给我一点启示，我就问她："杜兰，除爹爹妈妈你还喜欢谁？"

"勃生。"她赤裸裸地一点也用不到掩饰地这样喊出来。

在这中间，街上楼上楼下，一直是沉寂的，我们倒把空袭这回事忘了。突然，解除警报以和缓的声调吼叫起来的时候，电线上原来站着的一只鸟雀一惊地飞跑了。就是我和杜兰也吃了惊，赶紧又互相望着笑起来，感到了无限的平安已经回来了。我知道警报一解除，那残废老太婆就会回来了。不只我自己，我更不愿让杜兰看到那太多的悲惨的事情，便对杜兰说："我饿了，我们去吃点东西？"便一起走出门，折出弄堂，到大街上来。下午的太阳，斜斜照着电线杆和商店的额匾。每个人都露出笑脸，好像大难已经过去了。人们又回复到日常的平宁安静了。吃了点东西，送她到码头上轮渡。我朝回走，忽然怕起那阴森森的小楼上的一间木板笼子。我不甘心回去，就一直跑到李青这儿来。

四

李青刚从报馆回来，疲乏地躺在他的床上吸烟，他住的是一家前楼，很宽敞，正面有六扇玻璃窗。 最惹人注目的，是摆在桌上的一副玻璃镜架，里面是一个女人的头像，她也是我们的同学，和李青恋爱过。 李青在那一年的一个夜晚，被宪兵从公寓里捕走之后，就没有了消息，她也在去年因为肺病，死在香山了。 李青还保留着这张照片。 现在还时常引起我们共同的思念，引起我们很多的回忆。 现在，李青见我进来，告诉我说，今天敌人轰炸了长沙。 我没有告诉他我没躲避，那他会责备我。 我只默然地坐在他对面一张椅上，望着他。 他的脸仍然是红的，下巴尖尖的，眉很浓，他从前脾气是暴躁的，中学时候，一次闹风潮，他留给我的印象很深刻，——可是现在他那样懂得爱惜生命了；他劝我搬到武昌去，他相信敌人轰炸汉口是可能的，不止一次了。 我每次看着他那苍老的面容，听他那平稳的语调，都不免心上有点戚然。 今天，他却有些兴奋，面孔红得可爱，眼珠上闪着灵活的光芒，不住地说着往事，虽然也时常微微摇头。 他却告诉我这几年在 ×× 陆军监狱里的事，还告诉了我一段悲惨的故事：

"我 1933 年春天由北平解到了 ××，开始我那自由惯了的心，是十分不甘，常常充满许多幻想，那是怎么一回事，你会明白的！"

李青用眼睛盯视自己那长期套过脚镣的腿腕，并不看我。

"后来，才慢慢转入那种潜伏式的生活，在那里面有一个难友叫鲁秀夫，山东人，三十几岁快四十岁的人了。 我进去，他正患伤寒病，差点死掉，要是死掉也好了！ 最让我记得的，是他那双炯炯有光的大眼。 他也是政治犯，据说是在上海被捕的。 他平常沉默，却尽量帮助旁的同志，那时，他，脸瘦得刀条一样，还那样苍白，……但是每次有事情，他总站在前面，……事情是在两年之后发生的，因为他和几个新进来的犯人接近，他们是毫无经验的人，他们狠狠闹了一场，看守搜查出火柴来，在监狱里那是绝大违禁物，立刻三个新犯人被判死刑。 当鲁秀夫听到这事的时候，他心里是那样难过，他皱着眉，……

"到第三天，三个死刑犯中的一个软弱下来，因为供出鼓动他们的人，对监狱方面说来更重要的，他们用毒打和诱惑，软化了那一个。

"鲁秀夫在这三天内，把他的一些书籍交给我，他还凄凉地笑着说，在外面有一个女人带着个孩子等他，这孩子将成孤儿，这女人将成寡妇，当外面叫到他的时候，他毫不迟疑，一跃起来，便出去，我听见他唱着歌，……

李青的眼睛发亮了，他狠狠吸香烟，嘴唇有点发抖。

"后来，由外面传进消息来，有一个女人哭得昏过去，隔了两年，还有人想起鲁秀夫；后来又听说他没被打死，说又活过来逃走了。"

这时，我为这传奇似的故事所吸引；但我下意识地很希望最后的消息是事实。 我又转念到那抱着孤儿的寡妇坚强而又孤寂的身影。 李青半天都不响，他的眼睛却好像在告诉我："人是这样容易就死了的！"我望着窗外，天完全黑了，高处楼上的电灯亮了，大概是顶楼上吧，一只雄猫正在"噢——噢"地叫着。 李青忽然开了灯，一面穿大衣，一面指给我放在桌面上厚厚的一沓书，我过去一看是《译文》，已经尘土封满。 我很想看一看，便随手抽了三四册，用报纸包好，挟了，一齐下楼去吃饭了。 李青永远是迈着平整的步子，走在我前面，瘦瘦的肩膀微微向左倾斜着。 路灯把我的影子投到地下，我看见我头发蓬乱的影子，才想起今天出来时连帽子也忘记戴。

五

现在我想简单地追忆一下：总之，杜兰常常跑到我这里来玩，而且在那小木房子里和李青也认识了。 并且由李青介绍参加了一个青年界救亡协会工作。 她干得非常起劲，时常往来武昌、汉口，而且也成了我和武昌一些朋友中间的联络人了。 她不但活泼健壮，我发现她还非常勇敢。 她身上的红绒袍，好久就不见了，换了件蓝阴丹士林布的窄褂，脸比以前发红，稍稍瘦了一点，两眼便更神采奕奕的了……李青很欢喜她，常叫她做这样，叫她做那样，她都相信地去做了。 我时常陪她到交通路书店里去跑跑，买些文艺书、杂志给她看。

有一天，从早晨起便风雪交加。我因为想到战地去，赶忙在交涉关系，跑了一上午。很冷，两只鞋上踏的雪都结成了冰，我回来，看见杜兰一个人寂寞地坐在木椅上，我的屋里是从来就没预备火炉的，我一想来，就觉到阴暗、潮湿和煤烟气。等一会，李青来找我吃饭，我便提议吃过饭一道到维多利亚去看电影。我的习惯是在电影开场之前，总欢喜翻翻报或带本书看，临行便从抽斗里拿了一册《译文》塞在口袋里。三个人都很高兴，因为他俩忙着工作，很久没有玩一次了。但这里，我得把我早就在担忧的事提出来，那就是李青对杜兰已发生了一种近似爱的情感。眼睛是比嘴唇不会瞒人的，它时常把人还没想出来的事，过早就泄露了。因为近来，从李青眼睛里看出一种光彩，如同孩子们在春天太阳地里歌唱时眼里的光彩。我是无论如何不同意这事情的，因为杜兰才十五岁，我们应该鼓励她勇敢地走上一条人生的道路，却不应该太早地就让她又进了爱情的苦闷的门。我便处处小心注意这事。当然在杜兰一切是单纯和无知的啊。吃过饭顺了法租界江边的一排法国梧桐下走着的时候，杜兰小妹妹一样走在中间，把两手一面套在我的臂弯里，一面套在李青的臂弯里。我想到这些，一直沉默着。

李青问："老婆婆还吵你没有？"

"怎样没有，昨天还哭呢，说鸟儿长大了，就要飞呢，说出了岔，她对不起我的爹爹妈妈。"

"你呢？"

"我不言语，到出来的时候，还是出来，他们也没法，只说早些回来。"

"那你跟她说……你们是将要死的一代了，不要管我们这新的一代人。"

突然一阵反感，从我心底一直冲上来，让我的心紧紧地跳动，每当这时我便失去了理智，我的眉毛会皱起，声音变了调子，我猝然截断李青的话："我觉得不对……那年老的夫妇是没有什么不对的，杜兰不必过早在感情上给以打击，要知道革命的人，不是不近情理的，而是要有最深的同情人类痛苦的感情，假设矛盾到最尖锐的，那又是另外的问题了，李青！ 我觉得你近来又恢复了七年以前的样子了，……"

最后一句太露骨的话，使李青难过了，他便去吹着口哨不响了，我知道他心下一定翻起很多的心思。

到了维多利亚，离开映还有二十几分钟，我们都不响，——杜兰悄悄把我口袋中的《译文》抽去，翻着看，忽然她头一昂，头发一甩，半嗔半笑地说：

"谁让你把我的名字写在这里，你看！"

我一震，去看，果然在一页书的行间——很刚健的笔迹写着"杜兰，胭脂山某某号"一行字，那绝不是我写的字，我很快地瞟了李青一眼。

李青如同受了一下很大的打击，而要昏倒下去，脸上立刻一点血色都没有了，嘴唇抖了几下，没说出话来。 我马上用眼色制止他，我轻淡地掩遮过去："杜兰——是那一次看你回来，怕忘记写在这里的，怕什么？"她也就不再追问了。但我对李青起了十分的不解，为什么在我那小木屋子里和杜兰相识之前，他就会在这里写得这样详细，他早就知道她，又为什么不告诉我呢？ ……

这场电影，我和李青都那样沉默，而且未终场便出来。李青说到报馆去一下。 我陪杜兰过江，送到家门口就折回来了。 唤醒了裁缝铺的学徒李阿三才能够上楼。

夜是这样深了。 我心上说不出来的那样烦乱、不安。刚刚把钱给李阿三，叫他设法去冲一壶开水来，我便屋门也不关，两扇窗也大大地推开。 雪是停止了，天还阴沉沉的，我很希望风吹进再吹出，好把屋中的阴暗潮湿吹走一些，让我太热了的心，也为这夜里的寒冷冲淡起来，我便站在屋中央的地板上，燃起一支香烟。 楼下弄堂里的铁栅已经关了，一幢幢的楼房只是一些矗立的黑影，只一两扇窗上，还投出温暖的橙黄色柔光，照着那冷静的铺砖的矮屋顶和甬道。 恰在我心情稍舒适了一点的时候，突如其来，一种声音突然刺激了我，几乎每根头发都竖立起来，一阵寒冷循环了周身，我一转身站在门口仔细听——是极细的女人的哭声，我更进一步分辨，才听出是发自那前楼的一半房间里，声音是幽幽的，含着无限的绝望和酸楚。 一会楼梯响了，我看见李阿三走上来，我接了茶壶，把一支香烟递给他，悄悄指着前楼问：

"怎么样了？"

"她的命根子没有了，那天带了信去找阿福哥，阿福哥是一个摆摊卖橘子的，把这事告诉她，从那天回来，她就常常哭。 其实，这抗战时候，年青人有饭吃的还好，没饭吃的关在家里干什么？ 我就想有一天，只要日本鬼子打来武汉，我就干不下去啦。"我一面听，一面望着这秃头、黑脸、大嘴巴的孩子，很久说不出一句话，只想去握一下他的手，他那砍木柴震裂过的、热熨斗烫过的、沾满鱼腥布满污迹的手。

他走后我更不能平静，便靠在窗台上，一会儿，听见弄堂的门房在叽里咕噜着，一会儿钥匙在叮叮——叮叮响，铁栅门打开了。

我想这一定是那些上大舞台看夜戏或是在朋友家搓麻将的人回来了。 果然，一阵皮鞋声，两个人的黑影转过来，那人呢帽戴得低低的，肩膀耸着，一走近，好像瞧见我窗上的灯光很惊讶，立刻停在我的后门外，仰起头叫我的名字，我一听原来是李青，就自己轻轻走下去，把后门打开引他进来。"冷极了——还好，还有壶热茶。"

李青带着极浓的酒气，站在桌前，一连喝了三玻璃杯的热茶，然后盯着了我：

"今天，让我把一切过去的都想起来了，我现在不能这样拖，决定到北战场去。"

我看出他眼里那戚然的光芒，有些暗红色。 脸是灰条条的，他一只手抚着左胸，我知道他是有胃疼病的，可是他说的这几句话，使我非常的惊讶，如何决定如此之迅速，而且事先又未与我说起，况且他是知道我原是想跑到战地去的，……我很烦恼，我示意他坐下，他坐在椅上说："我告诉你，我确实爱了杜兰这孩子，你会责备我，说她年纪还小，但那并不是理由，机械地以年龄判断爱与不爱，在我是不可能的，我是死里逃出来的人，我是不愿轻易付出我的爱情，那是我的生命，……但一旦付出了，那我便拼命地爱，热烈地爱。这几个月在武汉从没想到过会看见这样一个女孩子，她却突然闯到我的生活中间来，这不是一个平常的女孩子，我最爱她的一点，是她那男孩子一样的勇敢，纯洁，热情，你看她那鹰一样的眼睛就懂得了。总之，她有一种春天一样的生命力在鼓舞我，我便渐渐成为一个毫无戒备的人了。你说得对，我又恢复了七年以前的样子了。可是就这样，我便付出了我的感情，我又年青起来……"

我摇着他的头，因为刚刚呢帽从额上滚到地板角去，他突然把头伏在胳膊上了。

"我不来责备你……那，你爱吧！"

"不，"他急急摇着头，突然脸白了："你以为我在《译文》上写了她的名字吗？"

"就是写了，有什么，……"

"可是……那就是那个被枪毙了的鲁秀夫写在那里的！"

这倒使我口呆目瞪，半晌望着他，连一点声音也发不出来。一瞬间，我忽然感觉到脑筋里的一段悲惨的戏剧，杜兰是里面的主角，但这戏剧已结束了，现在可以说是另一个开始……此刻一阵冷风，把两扇玻璃窗自动合上，我看见那黑玻璃上照着我的脸是如此失色了。 李青抑制着悲哀说下去："这使我想起他，想起他那个漂泊的寡妇女人，她这些年不敢到武汉来，怕带灾难给她女儿，鲁秀夫也从来不曾对我说过，而临刑前暗暗写在书上给我，现在他们不知道，女儿却长大了，她的鹰眼跟爸爸是一样的，……我多么替鲁秀夫高兴，……"

"那你为什么难过？"

"我难过的是……我想起一切，我已经不年轻了，像折过一次羽翼的鸟，应该狠狠飞一下，我得飞一下。"

电灯，突然就熄灭了，我从抽斗里找出洋蜡点起。 这一瞬间之后，李青是渐渐恢复理智了，可是他又是那样一个红脸、浓眉，眼睛露出苍老的光来，下巴似乎更尖地抵在衣领上的人了。 当人兴奋过之后，总是显得那么疲乏松弛。 而他这些天，眼睛里——那种光彩也就从这一瞬间消失了。 他原有的激动的感情，只要他一说出口，他便开始平静下来，如同火旺盛到极点就慢慢冷下来一样。 这时我心内想着，人的感情与理智的时常冲突，……马上，我又从李青身上感到一种默默的可爱可敬的地方，他究竟和以前不同了，他能努力控制自己，他有他的一番事情要做，当整个土地上的人，整个武汉，连白发缤纷的老太婆的儿子、学徒李阿三都要站起来的时候，李青更倔强地挺立不是应该的吗？ 战争现在是拉长了，我们要生存下去，不是住在这小木板钉的屋里，等候第一次或第二次投到市区来的炸弹。 空洞的愤怒是无济于事的了，需要的是行动。

两人相约暂时不把这秘密告诉给杜兰，我就送他下来，从前面裁缝铺的门出去。

我回来，蜡烛给风摇着，蜡油流到桌面上，像眼泪。 我还听见从前楼送来细声的哭泣……

六

杜兰生了病，好多天没过长江来了，她给我来信显露出这十五岁的孩子早熟心境的抑郁，她说："假如不相信学校里张先生的话，盼望和爸爸妈妈在这里能够见面，早就想离开武汉，"她说她在这里住得厌倦了，"人家都在战场上跑着，我为什么不能呢，许多要好的同学都加入战时妇女服务队了，……"我拿了这信纸很久凝视着。 我忽然记起很久以前，勃生给我的那封信上末尾所说的话——"她在命运上是属于我们一道的"。 现在，李青要到北战场上去了，我也准备到战地去，那么，也让她就早些吧，开始走上颠沛流离的道路吧。

现在战争的火已燃起，要烧到什么时候，谁知道呢？ 但是长期的，长期的这谁也不会怀疑，而且成为无上的信心，是风是雨就让孩子们从这风雨里奔走长大吧。 此时，从弄堂里飘来无数小孩子稚弱的唱歌的声音：

……你听马达悲壮地歌唱着向前，

它载负着青年的航空队员，

它载负着青年的航空队员……

我在盘算：假设我把那事实告诉她，那么杜兰会不再等
候什么，而离开这里了。总之，我愿意她在我离开之前先
走。

天气很快地暖起来了，武汉上空已展开了好几次激烈的
空战。一次警报解除之后，我便到胭脂山去看杜兰，我顺便
把她不必再等待她父母的事告诉她。因为我想假如他们可
能，一定会早来找她了，何况那个人是生是死谁能猜测呢。
杜兰说她是早就想走了，要我替她找关系，她自己要得到家
庭的允许，她说她不愿太伤那一对老年人的心，说着她突然
低下头。我知道她有些难过了，虽然平常她是那么样发怒不
满，但一个小小心灵里的感情有多么深，谁又能懂得呢？我
又劝她，鼓动她，她才抬起亮晶晶两只眼睛笑了。然后就是
永远有的美丽的幻想。平常，她也时常为这种种美丽的幻想
所支持，她爱听一切流浪、冒险、饥饿的故事，她也希望自
己到那样的幻想里面去。现在她说她要走，一定会穿起草黄
色的军衣，她要把头发剪短，她早晚还要弄一支小手枪
来，……惹得我也对她笑起来。

经过我和李青大约一个星期的接洽，杜兰得以参加一个

就要出发的妇女救护队，我写信通知了她。

次日，朦朦胧胧的罩了雾的清早，她来了，叫醒我，我首先就担心地问讯：

"怎么样？"

"总算说通了，……我闹了两天，他们怕起来，只是说让我再回来，我也答应了，只要现在肯放我。"

我起来，暗暗看她，她的脸庞是微黄的，眼圈有些肿，嘴唇微微闭着。——她就要跨过一道门限了，她要走她的路了。

在这些天里，武汉变得沸腾起来。虽然，从敌人扬言要轰炸市区以来，大批大批的人早离开了武汉，一直在疏散人口，长江码头上，行李箱子堆得像山丘一样，人们都在露宿，船，每一次载得满满的向长江上游驶了去。宾阳门车站上，也是拥挤得水泄不通。这一阵纷乱之后好像又安定下来。虽然法租界的一间小房也几百元房租，靠租界的边沿通路上都按上栅栏、铁丝网，警报一响便关闭起来。从市区里，人们拥到这铁丝网边哭着，叫喊着，终归渐渐安定下来了。炸弹常常落着，爆炸着，人在死亡着，血溅到房窗上、树梢上，人们对死亡的恐怖在减低了。会到处开，夜间游行着火炬的行列，从瓦砾堆上走过去；到战地去的团体、组织或者个人增多起来。就在一个暮春的早晨，太阳还未出来，但天是蓝的，没有云也没有雾，人心上都想着这是可能被轰炸的一天，便忙碌起来了。我洗洗脸就到宾阳门去，还顺路约了李青，因为这天杜兰她们的救护队到长沙去。 到了车站上，我们一前一后，刚拐过那堆积了许多麻包的月台口，就瞧见了杜兰。

杜兰扬着两只手跑过来，把两只手分给我们两人握着，她只管笑着。

我看看她——果然是一身草黄色的军衣，军帽正正地扣在头上，头发是和男孩子一样的短，不露在帽子外面；她兴奋地望着我，又望着李青，说不出话。

还是李青勉强装笑，实际很黯然的："你很高兴吧，"……我们都要走了，……"

她倒很愉快地说："你们收到我从长沙写来的一封信再走，一定，答应我吧！"

我点着头，李青忽然抛开我们走出站台去了，我便陪了杜兰顺着月台边踱着。 许多和她一样的女孩子走过来，走过去，和她招着手，笑着，叫她做"小妹妹"。 她告诉我："她们都很高兴我，我是队里顶小的一个。"这时，那些给初升的太阳的红光照亮的铁轨上，有的地方，停着空车皮，有一辆车头在拉着汽笛，吐着白烟，来去地走着，一会儿又不见了，只剩下远远一团团棉絮似的白烟。

她望着蓝天的远处，忽然转回头："给勃生通信，把我的事情告诉他，他会高兴吧！"

"他一定会。"

"那……你会见他，知道他在那里，把这寄给他，交给他都好。"她从上面小口袋里掏出一只小小粉红色信封，自己动手放在我口袋里。

当她忽然鸟一般抛开我的手，奔开，我才注意到那对老年的夫妇，摇着白发缤纷的头，颤巍巍的，在车站门口出现了。杜兰一跑过去，就两臂一张扑到老太婆的怀里了。我走过去，李青抱着他买的两匣食品也回来了，这五个人围成一个小小的密集圈子，谁也不能出声，只听见她俩呜呜的哭声，老太婆一面哭，一面用那干枯的手，抚着杜兰黑黑的头发，杜兰只是耸着两只肩膀，抽搐地哭着。……我心里很难过，望着她们。另外的老年人也偷偷侧过身，用手帕往眼镜底下擦着，结果还是李青颤抖着声音说：

"不要伤心吧，老太太！杜兰一定常常来信，时局要真平复下来，也会回来的，在外面跑跑倒好，住在武汉天天不也是轰炸，还不一样担心吗？"

杜兰第一次当着我面前流泪，很害羞，半晌低着脖颈，拨弄着衣角。

老太婆却尽自说杜兰的性子怎样像她的妈妈，说怎样做就怎样做，……杜兰突然叽咕地哭了出来，说：

"也许我会寻到他们。"

月台上，人更拥挤了，列车开进了站，上车的就往上拥，这一阵混乱，约延长了三十分钟，我们也挤在那激流里面，帮助杜兰和她的同伴去占位置，把行李、箱子，从车窗上塞进去。杜兰有一只行李卷，一只提箱，一只黑布袋，一只暖水壶，她在靠窗一面，和她同伴把大衣铺在车椅上，她才跳下车来。 车厢下，一个工人，在检查机械，不时用一根铁棒敲得"叮叮"地响，车轮边什么地方的汽缸在放着气，"嗞嗞"的，那白色的气像雾一样，从下面涌上来，漫漫地遮着月台边沿上站着的人们。 有几辆兵车挂在后面，许多戴了绿色钢盔，背着枪的人往那面跑，我看见一个人在嘶喊着，脸涨得通红的。 一会儿，前面火车头的汽笛长声地叫起来，这使我们每人都震惊了一下，杜兰机灵地转过身去，但忽然又迅速地转回来，慌张地拉了老太婆的两手，……又一转身，跑上车门去。 一会儿，她出现在那车窗中间了，她的眼满含着热泪，但是泪珠挂在眼边边上，嘴唇却为微笑而颤动着，——立刻，汽笛又响，又响，一阵铁的冲撞声，由前面很快地一节接一节地响起来，车开动了。 我向杜兰挥了挥手，直到车驶出很远，我才看到她的上半身从车窗中缩回去。 我走回家去。 但还没有开门，当我还站在楼梯口的时候，突然听到背后有人唱难听的歌似的呀呀叫起来，我赶紧让路，谁知下来的正是前楼的那个老太婆，白发乱得像鸟巢似的，脸已使我辨认不出来，因为遮盖了许多乱发，我只见她很吃力地瞪起一只灰色的眼睛，我去看另一只，却已经瞎了。 她的衣服显得特别肮脏和褴褛，拐着两只脚，还是一只竹篮挂在那残废了的手臂上。 见到我突然狠狠弄得楼梯紧响，一转眼跌跌撞撞奔出裁缝店的门口。 我好久不见她了，也没听到她哭，只是早晨她不再提着竹篮出去了，已改为下午，因为下午阿福哥在江汉路摆水果摊子。 我走上楼，遂听见老板在下面叽咕："我们也要关门了，我说还是撵走她吧，这样出出进进算什么呢，我是不爱看的……"答应他的，只有那缝纫机忽缓忽急的嗒嗒的响声。

七

一个星期后，落着细雨的一天，我送李青到大智门登平汉路车，回来感到那样寂寞。 我也在结束一切事情，准备不久就到北方去。 只有两件事情，使我临行之前，受到了不安与烦扰：一件是打听勃生的去向，想把杜兰的信寄给他去；一件是等候杜兰来点消息。 这两件事还无一点着落。 当我知道前几天敌人轰炸长沙的时候，我是那样不安，我一闭眼，就看见杜兰临别招着手含泪含笑的影子，而她却是立在红红的血泊里面。 等冷静下来想想又相信在这战争时代什么都在迅速变化着的，她们的救护队，也许临时又开拔往更远的地方去了。 我还是等了很久，一直到徐州吃紧的时候，使我不得不赶快北行了。

临行前一天，我把一只箱子带到武昌一个邮政局做事的朋友那里去存放。 然后，买了一只旅行用的皮包和零碎东西回来。

小木屋已经是空洞洞的了。 租家具的商店，今天就派人来把几件桌椅搬走了，经我再三交涉，只留下一张床，一只小茶几和一个凳子，做我最后留用。我把东西丢在床上，准备休息片刻，忽然门板上传来两下轻稳的叩门声音，我懒懒地答应了一声："请进来。"

门一推开，出现在门框中的，是一个约四十岁的陌生人，中等的身材，衣服有些灰旧，容颜也有些衰老，但是那样兀立在那里，他环顾我的空房间，也开始注意我，他低声地问：

"你是吴先生吗？"

我点点头，把凳子指给他，他很局促的，只管用一块手帕擦脸，我才看到那长黑须的脸上，有一双发亮的眼睛，他摇摇头，很客气，不想坐下，我很想快些知道点什么。

"我来打扰了你吧！我是来向你打听一个人就走。"

"谁？"

"一个小孩子叫杜兰。"

我惊讶了，我急切地问："你怎么知道我住在这里呢？""她家那个老妈妈，你见过吧，是她告诉我来问吴先生，她说你一定知道她的通信处……"他马上又用修正的语气并且先笑了笑，"我是受人委托。"

"那你知道鲁……"

"是啊，那是我的小同乡，"他怎然又赶快改换了修正的口气，"他夫人托我顺便看看。"

我极想诚实地告诉他，我还没有收到她的信，不过我说请转告她母亲，杜兰是会好好生活的，不是弱怯的孩子了，她的团体也是可靠的，请她放心。……

这个高大的人只是答应着，然后告了别，昂然地转身出去了。

楼梯响声一消没，我忽然被电击了一下似的，感到了一阵突如其来的闪亮，我牢牢记起刚才那个山东人亮极了，鹰一样的闪烁的双眼时候，我赶紧风一样呼地拉开门就奔下楼梯，挤开裁缝店里几个顾客，跑出门口。可是站在门口石灰台阶上，我迟疑了，我往哪一个方向去追呢？我望望左边，再望望右边，都是闹攘攘在动着的人，只不见了那高大的粗粗的背影。稍一迟疑之后，我想右面是通往大街的路，便下意识地决定了，朝这一面匆匆走去，我一直走到街头上，那儿是一个交叉了好几条路的路口，汽车在叫着，警察很忙碌，太阳红红地照在前面一家银行发亮的乳黄色瓷砖的墙壁上。我又迟疑了，可是我不能再追了，因为警报那样吓人地"呜呜呜"地狂叫起来了。

尾　声

四年后的春季里，远远的北方的冰冻河流开始融解了。山地里，这时候，虽然时常风沙蔽天，但早晨的阳光，照着抽芽的柳条，已经是一串串的绿色。到山谷里去驮炭的人们，带回来一束束的杏花。由土壤里复苏了野草和艾蒿，再过一个月，河边上的打碗花就将要开放血红色的花朵了。我在这里，认识了杜兰的妈妈，她带着五岁的男孩子，在一处保育院里做着工作。 我时常去看她，我很喜欢那小孩子，他是那样相像他自己没有会过面的姐姐，椭圆的脸永远红扑扑的，经常带着满脸憨笑，很活泼，和你玩或者说话时，总是把两只乌溜溜的发亮的眼珠望着你。

我知道李青在山东做地方工作，很好。 关于杜兰，知道得不多，倒是在重庆的勃生来信告诉我一些，因此我知道她三年来，一直在做着救护工作，很努力，很热情。 现在已做了一个善良的医生的助手了；可是她同时也遭受着种种迫害，被人追踪、监视，——黑暗总想扑灭她，而她呢，我知道，她坚毅地走着父母的道路。 我把这消息告诉给杜兰的母亲，她喜欢得流下眼泪来，说做梦也想不到，她还好好活在人间，而且勇敢地为人生而服务了。 她说她希望有一天能看到杜兰，她将给杜兰过几年有母亲照顾的温暖生活。

不久，勃生乘卡车由南方来了，我很快地看到他，我们散步在河边上，他告诉我：

去年，敌人沿江向上游的一次进攻中，她由重庆跟随一个医疗队出发，星夜赶到了阵地，在战争最紧张的时候，她病了，不得已送回了重庆。 这使杜兰非常难过，她病好了，很久不讲话，时常一个人自语着："为什么在那最紧张的时候，退下来呢……"身体还没复原又到医院去工作，天天穿着白衣服在病床间走来走去奔忙着。 我想象得出，杜兰一定高了，她不是十五岁而是十八岁了，她已经是一个丰满的年轻人了；我相信杜兰是能够认真工作的，我一想就仿佛看到她，她挺着胸脯的身影，在那圣洁的面孔上，那种严肃、热心的神情，简直像早晨的阳光一样美丽。可是一次，她治疗一个病人，状况忽然恶化起来，而且是黑夜，值班的医生又出去了，她紧张了一夜，第二天上午又病了。勃生说："要不是病，她这次也许就来了，她那样想念北方，她说北方是她亲人生长的地方！"我们站在小河边，春天的河水流得那样平稳，我很久很久望着河的彼岸，彼岸绿色的平野上，正开放着许多自然生长的花朵，是那么新鲜而富有生命力的花朵，是那么美丽而芬芳的花朵，都朝向着太阳光闪着红的、金黄的、蓝的，种种色色灿烂的花朵啊。

在遥远的边地上，从九月里就落下雪花来。 茫茫的冈岭，长期地凝结在冰点下的多少度数里面。

雪是白的，冰也是白的，……游牧的人们，移往稍好的他方去了。 山谷中还剩下由内地流浪来的，多少赤贫的人家，让雪堆得比矮檐差不了两尺。 岩阪上的古木，给冻雪和苍白的风摧折着。 每天，有多少枝梗乒乒崩碎，陨落。 山里越显荒凉，古木，更像画在白纸上淡淡的几条墨线了。

孩子们的脸渐渐消瘦着。 他们一边嗒然地喝下融化的雪水，歪曲地哼着歌谣：

> 虫儿蛰去了，
> 鸟儿也不再飞翔，
> 好一片荒凉！
> ……

黄昏时紫色擦着地皮滑动，凝聚。

北风的威力下，树木忍痛地呻吟着。隔了两条山岭，狼冻得发抖，嚎出几声凄厉的嗓音。它们嗅不到足以供它们一饱的食物。连死麻雀也寻不着。偶然从地皮上抓出山鼠，多半也是蜷缩着冻得流下冰凉的脓水。饥饿使狼的眼睛闪烁着蓝的光芒，还闪烁了红的光芒。……

冰把窄窄的青河冻成一条铅皮。

胡须领头，一串去山谷中砍伐柴木的小队走了回来。在那一整片纯洁的白色上，他们是黑的。

齐到膝盖骨下的毡套鞋，滑动在松软的雪底下的冰溜上，沙沙响着。雪挺深，人们瞅不见埋在下面的是石块，还是凹坑。胡须发黄的长胡子，结住了冰，麦穗一样，在胸前撞动。宽宽的褡裢，束着了臃肿的白羊皮衣。泛着红赤的饱含了细汗的脸颊上，感到更削劲的风刮。

嗬，嗬……

这一串人，除了综错的一片喘声之外，谁的喉咙也不咕动一下，仿佛他们是凝冻在冰块中的鱼。

他们每一个宽阔、结实的肩膀上，都拖着一根粗绳，拽了木枝。一步步缓缓冲开堆雪。从那个采伐的山谷，到这个住的山谷来，走的完全是一块里把长的盆地，青河偏左一点，静静的。在夏天，青河里漂着小小的柳叶鱼。在夏天，这长长的盆地里，铺满的是苍蓝的丛芜，鲜红的野花。现在可是一片白……

——十二月！

因为盼望着春天，人们的心里叨念着这短短的天，长长的夜。

木枝从龟裂的皮纹，冻结到最小的那圈年轮心上。所以增加了重量。沉重得像铅铁。绳子隔了一层皮板，咬着肉皮生痛。他们的肩皮在渐渐加厚。他们的手指在渐渐粗得可怕起来。五个指头伸出去，往往连一点缝也没有，鲜红的，暗黑的，还磨胼出多少块冻疮。

到了第二叠冈岭上，胡须望见埋在雪中小小的屋顶。

旁的家伙，要爬下坡脚，绕到岭后去，这里只剩下三个人，胡须和石松、张千。他们兀然立在冈头，一任冷风飘动着皮板、领口的羊毛。目送着一串人艰辛地在一面壁角下隐没，胡须眨了眨眼睛，三个人才又唰唰地拽动木枝，沿着冈顶，横下里走去。

石松脚快些，雪一波，一波，从他腿肚上滚开。年轻的血液燃烧了皮层下的冷意。

"胡须伯伯！"

瞧了一眼老头子额角上绷起来的血管，在蠕动。他放迟了脚步。

"雪快融化了！"

瞧着这傻头傻脑的孩子，他像引起了蛰在脑子上远年的一丝怅惘。眼，巴呀巴地，瞅着这健壮的年轻人挺在冷风里的凸出的胸脯，他笑了。

"呵！——十二月！十二月！"

一面换了一只肩膀来挨受摩擦，扯开大步。 张千不言语，在伙伴的一堆里，他说话的时候很少，笑的时候也很少。 嘴圈上，扎着青须须的短髭，攥了拳头挺够劲。 背后的木捆，也往往比旁人粗些。 年轻人耸了耸肩头嚷：

"伯伯，不是十二月不去，一月不来吗？ 我盼着赶紧更冷！"

"冷！ ……"

张千惊讶地翻了下迟钝的圆眼珠子。

这会，他们已经走近住所，苍白的雪堆给黑慢慢侵蚀了。 矮矮的土屋，掩堆在那深深的冰雪中。 只门口上，劈开一条通路，一点炊烟荒凉地从那儿放出，诱惑着饥饿人的鼻子。 ……

胡须觉得手脚到底是迟缓了，看着石松去敲门。

夜风凉涔涔地贴到脸皮上，冰水一样。 粗糙的皮肤，感到一阵痉挛似的。 他的心里却笑开了一朵花，他侧耳听着沉厚的木板门里面，响着的脚步。 他知道是谁来开门。 仿佛有一股温暖的血液，立刻从心上渗进周身来，……他转头朝四处望一望，苍莽，倾伏在岭冈，都变成一片死灰般的苍白……

"秀子，……爹回来啦！"

苍老的嗓子，凝住在冰的冷气里。 门开了一条缝，秀子蹦了出来。

秀子婷婷的身子，裹了件齐到膝盖的白皮袄。 从草色的狼皮领口，露着两只炙烧的大眼睛。 她招呼了石松，却不去接爹爹手上的绳子，只管一手撩着从额头上耷下来的黄发，爹爹望着两个孩子，笑了，……石松也笑了，有棱角的脸上，闪着一种光滑的欣快。 跳过来，接了冻得粗粗的绳索。

"这丫头！ 我累了石松哥哥一天了！ ……"

秀子把鲜红的嘴唇抿了抿让开路。 胡须推着，石松拽着，把一堆木枝拉了进去。 她听门砰地掩上，她矜持不住地笑了。 她弯下腰，拾起石松的绳索，往肩膀上一背，就吃、吃、……拽着跑去。 头发在冷风里披动着。 她的两条腿一蹬，一蹬，灵敏地翻滚着洁白的雪块……

等石松出来，剩在雪地里的，只是一只斧头了。

挟紧了胁下的火枪，他踩着她的脚印，追往前去。 秀子早等在一棵给雪裹得臃肿的枯树下。

胡须把褡裢解掉，瞧了瞧病在炕上秀子的妈妈，这会儿倒昏沉沉地睡着了。 他转过身，悄悄地把斧头放在墙脚下，皱了皱眉头，走到火池前面一只木墩上，坐下。 木柴噼啪，噼啪，响着清脆的音响，常常有一星火，"嗤"地跳起来，落向暗中，他搓着冻得木胀胀的两手，红火光渲染到他朝火的这半面脸孔上。

旁边，在秀子用荆条编的簸箩里，九岁的耙子，说着呓语。

极端的悄静，往往会惹起人的沉思，胡须的两眼，凝在红红的火花中。 ……

　　……在遥远的内地，他度过半生的日子，那儿有温暖，这是十年回忆中的一点红光。 他们怎么样跑到这雪地中来？梗在这中间的一段隐秘，只有三个人晓得，可是一个人已经死掉，一个人垂死地病在炕上，自己呢，也年老了，怕也没有再回去的一天了，……想到这里，一面和石松脸型仿佛、微微苍老一点的脸蓦地现出，那两星冒着火一样的眼，使胡须搔了搔头发。 ……

　　亮晶的水珠从毡鞋上往下滚。

　　火的热度，还从皮衣上蒸腾出潮气和膻味。

　　……石松的爹和老胡须从小生长在一起。

　　……那个城池外，有一条河。 这个河年年涨一次水以后，就往南挪上几丈。 所以人们都把它叫作望日河。 河的北岸淤出多少顷肥沃的田地。 那面的人家，便慢慢富庶起来。 胡须的家，恰恰住在南岸上。 从前离河岸还远远的，可是，他们早就有了一个念头：他们知道，有那么一天，他们的田地会没影了。

　　听着河水的声响，一年比一年近些。

　　为了生命，争夺着北岸的土地。 在大伙都红了眼珠、骚动起来的时候，胡须和石松的爹，搂死了大富户李胡子，……在那儿，他们站不住脚了。 从此悄悄流浪出来，一直跑到了这儿来。 ……穷人的日子，到哪里都是艰辛的！

　　在十年前，一个冬天里，落着雪，石松的爹失了踪。 胡须背了猎枪，摸遍山谷，没有……大伙都咒骂着狼。 可是一直到了春天，尸首才从雪堆中融化出来。 手里的枪，铺满了水锈，他是失了脚，落进雪坑的。 ……

胡须把手中的烟斗，在毡鞋上叩掉灰，轻轻地叹了口气。

"吭，吭……"

他吃了一惊，回过头。 秀子却戴了一顶大檐的、男人用的帽子，歪着头，……老胡须在火影中点了点头，笑了，她不知道是什么时候偷偷踱进来的。 她走到火池边，蹲下去。胡须慈爱地把她的帽子掀下来，缓缓地摸着她茸茸的头发，她把头放在爹爹的腿上，一面往火中添了几根木块，木块清脆地爆炸着。"秀子，……妈妈喘了没有？"

秀子坐到火池边上，摇摇头，一会儿，屋中只剩下一团红火影，映着胡须粗壮的背，和秀子细挺挺的背。 胡乱吃了一顿饭后，胡须躺到铺着蓬乱的羊皮的木板上，舒散着木胀胀的手脚，铁釜炖在火炉边上，融化了的雪水，蒸发着蒙蒙的潮气，……他听着，颠簸在山谷上，折下来的冷风，拍着冻了雪皮的屋顶，嗯嗯响。

夜了。

石松躲在那个角落里，透出鼾声。

狼沿着青河，从林丛里游寻着。 偶然凄厉地落下几声惨呼。

秀子蹲在荆条簸箩旁，玩弄着爹爹的猎枪。 还把那大的毡帽学着石松哥哥的模样，微微歪斜了一点，戴在脑袋上。

火光一高一矮的，把她脸晃得一黑一红。 一只耳朵上，刺着一个小洞，妈妈的手亲自在那儿穿着系了一根红绳圈。 跟着扳枪机使劲的一只胳膊，微微荡动。 耙子烤得鼻子嗤嗤响着。

寂静中，妈妈醒过来，木板吱吱地响。 ……

"秀……秀子……"

声音是那么惨裂地抖颤着，带着了积聚的痛楚和悲哀。秀子蹑着脚跑过去，……妈妈伸出枯瘦的手掌，攥了她温暖暖的胳膊腕子。 隔了一层皮，她觉得妈妈的手是冰凉的，战栗的。 妈妈的头发乱蓬蓬的，完全滚得像一只老鸦巢了。脸，瘦成刀条子，两个眼眶黑洞洞地向下陷着，嘴唇抖了抖，震出一条凄然的笑痕，好像很满意似的盯着短光的眼珠……

在这里，人永远是在斗争着，和天和野鲁。 ……

趁这几天雪花没有落下来，人们拼命地去砍伐树木，当作柴烧。 像这样的天，是很稀罕的。 虽然没有晃一下金澄澄的太阳光，可是雪好像稀薄了一点。 昨天晌午，白脓般的天心上，还影绰绰地露了一下昏黄的太阳的圆影子呢！ 山谷中寂静地撞荡着斧头砍在湿木上叮叮，叮叮，沉滞的音响。

从树枝上落着雪片，融化在赤热的手背上面。

喘着气，老胡须敞开了领口，把斧头丢到木堆上。 他仰头望了望，空中是树林的枝梢，彼此遮盖得像棚顶一样。

雪，在上面凝固着，透下冷气。　大伙都歇了手的时候，远远寂静的山谷中，就撞击着野兽恶劣的嗥叫。　同时在一阵风里，这儿，那儿，也有轻悄悄的落雪声，落冰声。

走上冈巅，朝远方望着，揉了下眼皮。

"喂！……"

突然他转过身，摆动着一只手喊。　……大伙震惊了一下，都攥紧了猎枪跑上来。　在他们心里以为不是发现了狼在搏着人，便是一个人失足半身陷在冰雪里，……可是什么也没有。　胡须看了看身后的一堆人，用眼光找着石松，仿佛这事非他不可。　石松的帽子背在脊梁上，黑溜溜的头发，给风刮得打着滚儿。

"孩子的眼尖，你瞅……顺着我的手，石松！"

刺眼的，皑皑的白色，一直扯到天边上去。　石松发现了，眼睛瞪得那样大，他想再确实一点看一眼。　旁的人也屏息着气，把眼光睃巡着，在雪地里找，……遥远，遥远的一条冈坡上，正有几个黑点子，在雪中滚滚地动，朝这面近来。　那是到柴森堡的路线，也是到内地去的路线。　老胡须眨着风泪眼，笑得胡子一根根发抖。　可是这笑是藏在心里的，他不能判断来的是什么，是人，是骆驼，还是野兽？　就说是人，给他们带来的是幸福，还是悲惨呢？　这几年，不去堡上走动了。　从石松的爹爹死了后，没有了猎伴，也就懒得为了稀少的几块兽皮，自个儿跑远路了。　不过，他还记忆着那里，那里，……

"呵⋯⋯！"

"呵⋯⋯！"

一点疑惑和一点惊讶。 每人的嘴上都感叹地嘟囔着。

距离还那么远。 一阵骚扰之后，他们又一个个溜回林子里去。 攥了木把朝湿胀的树木上砍。 一群人低下头去，运用着结实的手膀。 热气，水一样从他们多毛的皮肤上腾起。突然，一阵雪地上奔跑着的脚步声，让他们扯过脖颈去。

"爸⋯⋯爸⋯⋯"

秀子刚一露头，就张开手，一下扑到擦着下巴的胡须怀里了。 大家围拢来；石松的手里还提拉着斧头。

秀子好容易喘过一口气来。 眼泪黄豆般一连串扑扑拉拉落了下来，从那冻得粗萝卜丝一样的红脸颊上往下滚，嘴撇得挺大。 爹爹紧紧搂着她，摇着她，急灼得鬓上一根筋脉在突突跳，兀自嚷着：

"怎么？ ⋯⋯怎么回事？"

女儿从怀里仰起头来，只含糊地说了半句，就一下跟着"嗷"的一声哭，扎下脸去，肩膀迅急抽动着。

"妈⋯⋯⋯妈，她合上眼⋯⋯呜，呜，⋯⋯"

一串人拽了木柴，寂静地往回路上走。 在这里，环境做成了一条无形的箝夹，让这些跌在灾难中的人，都变成患难相助的了。 头里走的是老胡须，把胡子耷拉到胸上，一声不响。 石松紧跟了秀子，拽了胡须和自己砍的柴木。 已经走下冈脚，胡须突然记起什么似的，转过身来挥着手嚷：

"诸位乡亲！ 你们不能回去，你们得等那远来的客人，……风地里是容易迷了方向的！"

大伙才想起在遥远地滚动着的黑子，……

望着那爷儿三个渐渐去远，大伙轻微地叹了口气，讲起秀子妈平日的热心肠来，……三十年来，她从生活的艰困中，巴望着有一天走回故乡去，故乡还有一娘所养的骨肉，可怜一点消息也传达不到。 就是逃亡那时，也没有得到会一面，作一次最后的诀别。 希望的花，在她的心上开放着。故乡，遥远的故乡，……一天，风在雪上打着滚，青河结着冰，她挣扎不过生命，死去了。 她的眼睛里还在滚着望日河酱黄的波浪；耳朵里，还听着望日河轻脆的水流声。

火池里熊熊的火，照着耙子哭得颤抖起来的脊背。

老胡须一脚踏进门，望一眼这凄凉的境况，暗中流了一点热泪。 他悄悄走到炕前，摸了摸老伴冰凉了的手，寻找了一块羊皮把死人的脸盖上了。

秀子哭得弯下腰，给石松哥哥拖着，一面说劝。

胡须踱过去，拍了拍她的肩膀说：

"秀子，……你妈四十多年的辛苦，满心看着你们长大成人再转回家乡去，……谁知，唉！ 这也是命运！ （他披了手臂，颓然退到木板上，痴痴望着池中的火苗。）她在望乡台上去看看望日河吧！"

一点什么炙烧着，两只瞳仁上冒着火星。

"妈的……就让望日河水流得再凶，也洗不净那块地皮，那些猪地主老爷！……"

女儿哭得昏过去，给放在木板上的毛丛中，抽搭，抽搭。

易于伤感的，老年人神经微弱的心，给一种火热炙焙了之后，反倒没有一点泪水滚出了。他不住地在想，……年轻时，想也没有想到，自己的骨殖会丢在遥远的冰雪中啊！突然，他又轻松地垫了一下脚，啐口痰，……他妈的！这里倒干净些，家乡，有什么？只是锄地时，多掘出几块人的骨头，在那儿是阔人们的世界！……

在所有的眼睛，都给泪珠蒙住了的时候，石松帮着胡须，用一块羊皮裹了死人的尸体。

火苗，给哭得昏涨起来。谁的手里，夹了铁铣。拖着僵硬的白皮卷包走出去。秀子"呜"地一下搂抱了弟弟在怀中，眼泪沾湿了耙子蓬乱的头发。

哀哀哭声，从木板缝上透出。

雪地山谷中，寂寞地回荡着人类悲惨的声音。这声音，诡秘地顺了风脚吹过盆地，吹过树林……砍伐树木的人们，临风揉着眼睛。为这声音感动的手，一下比一下来得迟缓了。

在矮矮的屋顶下，关着愁闷和死寂。

秀子倒在爹爹的木板上，把脸埋到毛丛里面，给毛磨蹭得发着烧。她不敢去看那妈妈睡的土炕。她的耳朵中，响着每天妈妈颤悸的呼声。她觉得妈妈并没有死，还是在那儿睡着，忍着病痛，唯恐丈夫和孩子听了伤心，不愿哼一声苦。 就是，那会，……那会，……嘴唇已经发白，还是攥着了秀子的手。

"好……好……照管……弟弟……"

眼悄悄往上吊着。 她还在勉强要笑，要安慰女儿的心，可是死已经铺在脸上，眼已经走了神。

秀子想着，又忍耐不住地想去瞧一眼，……是的，那只是场梦，并不是实事，妈还躺在那昏暗的角落里。 等真把眼睛抬起，眼皮突地早胀得桃一样地凸起来，麻木着。 心也在跟着怦怦地跳。 可是落在眼中的是什么？ 是空空的土炕，给火池里的火影晃着，微微瞧见一簇蓬乱的稻草。

……妈呢？ 妈呢？ ……

耙子早哭着睡过去了，这会儿在梦中抽噎着。

还没到黄昏，林子里的小队，早在冰雪上滑跌着脚，回来了。 他们吹着号角，呜呜地游荡在雪地上，擦着雪皮。有时也被风声压落下去。 在谷子里，立刻，一个消息传散开来。 说由堡子那面来了三个人，住在斑鸠老头子家中了。每一家的屋顶下，都稀奇地谈论着这件事。

黄昏没一点征候地落下来。

老胡须怜悯地哄着两个孤零零的孩子说笑。 他抓着酒杯，折了麦穗般的胡子，学着小车子，吱吱叫，学着鸭子。这些使秀子想起温暖，想起遥远的没有到过的地方。 ……

张千来了，衔着烟袋，沉着木头块一样有楞子的脑袋，坐到火池脚的木柴堆上面。

不知什么时候刮起了风。 屋子都是靠山壁建筑的，风声兜到那儿，便剧烈地拍击着，不消散，山冈全沉入危危的夜色。 雪的苍白，却从那远处反映过来，那便是一块夏天长满茂草的盆地，那儿是这谷子里人的牧场。 在那苍白上，隐约有一条子微黑的影子画着，是青河。 要在夏天，哼！ 这样黄昏里，就会有人在草地上，去坐到天明。 歌声飘开旷野。

吭噢嗬！
青河里的水清又清，
青河里的鱼儿会变龙。
……

老胡须拍睡了孩子，和石松，张千，咕噜着话。 秀子挤在中间，凝着疑问的眼珠。

"这三个为什么在这冻天里跑远路呢？"

张千望了她一眼，她的眼还红着；嘴巴也噘得紫喇叭花朵一般。 他敲了敲烟袋灰，搭着腔：

"没有好事 …… 奶奶的！ 左右是拉夫！ 端皮货咧！ ……可是怎么青河上的人，是管不住那一段的！ 他娘的！ 内地里逼，逼到这儿来，还是不得踏实，咱们，……"

石松耸耸细条条的长眉毛，插上嘴：

"听说那边早开火了！（说得很响亮，显见得这事情，是陌生的，然而又有着常常谈起来的兴味的。）不知道谁打谁？ 可是这样冷的天，伯伯！ 那边也是这样吗？雪！ ……"

老胡须没有响。 灌了杯酒，看了看说话的人，又看了看秀子。

火池，一会儿比一会儿昏暗，谁也没想起去添上一块木柴，他们在叽叽咕咕地谈论着。

没有了妈的孩子心在慢慢地硬起来。 耙子也裹了皮衣，往雪堆里跑。 秀子常常到山冈上去，望着远方。 她的心，有一点惦念着远方。 仿佛在那边常有一串串牧笛会从风中带来。

没有风，没有雪的日子，她戴了大的毡帽，背了猎枪，一个人走去，……摸着一棵棵欹零的古木，沿着冈岭。

在这儿，没有边界，也没有习惯上的固执。 遂了心的自由，只要有雪有冰的地方，就是他们可以去到的地方。 ——秀子在这样的地方生长起来，皮肤是不怕再大的风和再大的雪。 她也知道在人间有着温暖的地方，可是那只是由爸爸和妈妈嘴上听到，是很远很远，……有时她摸着耳朵上的红线圈，女儿的心是别别有点跳的。 她记起爹爹说的话：

"……我是想把你当男孩子一样养起来的……可是你妈不肯，我说算了吧！ 她不依……唉！ 她的性情就那样古怪，不过我明白她的心。 那时，你哇哇哭着，她的手那样颤抖，拴上了这个绳圈，你……你……"

爹爹眼微微上翻的。

"她是想有一天那块土地干净了，咱们还回得去，她怕那时人家会笑话你说：这样大的姑娘，连个耳朵眼都没有，……那样是不好找婆婆家的！……"

她心中有点发酸似的，用手去摸摸眼皮，可干巴巴的。

是风和雪锻炼着吧！她有那样坚定的魂灵，和强韧的心。

两个月来，陪伴她的，是结实的石松……石松星子一样的眼睛，早深深印在她的心里，两个人有悠远的从童年培植起来的友情。爹爹很爱他。说要眼瞧着他成了人，才放心，才对得住死去的朋友；对得住这冰雪中生长起来的孤儿。在寂寞和冰冻中，两颗微温的孩子的心灵，花一样，一天比一天开展着。

石松所有的，是爹爹留下的那支枪。

给雪侵蚀的水锈，现在，在他手掌中，又磨得光滑滑地发着乌亮了。

——那儿是不自在的，要不，为了什么爹爹们搬到这儿来呢？

孩子的心中，有时是这样理解着那个记忆中的远方的，他们觉得在那里男人要穿长褂子，女人要戴钏环，梳麻花头，……在那儿的人，都是用一根同样长的绳子捆着长大来的。你不能满处去跑，那儿有地主老爷，有坏人，……他们所以有时是微带憎恶的，当提起那个远方的时候。 可是自从秀子没有了妈，她忽然对那个远方，起了点怀念似的：

她的脑子里，幻想着一条泛滥的河流。

她的脑子里，幻想着那儿，是一片彩色的，春天的图画。 ……

一天，她默默地朝石松说：

"哼！ ……那里，爹爹说，妈的魂是回到那里去了呢！ ……"

石松大脚步踩着石块上厚厚冻结着的冰壳。 走在她的旁边，——这时，风一阵阵由冻了的青河上吹过，落在他俩的肩膀上、头顶的大帽子上，唰，唰……响。 几棵冻得失了黑色的枯木，摇晃着，麻秸秆一样。 他突然惊讶地回过头来，闪了闪发亮的眸子问：

"哪里？"

秀子歪了歪下嘴唇，瞅着远天的云层。

"哪里？ ……就是那挺远挺远的地方，那儿的姑娘都是躲藏在屋子里的，就是那儿！"

"……"

石松没有言语，山谷上，片片的惨白，使黑的凸处，眼睛一样向天空睁着。 他立脚在一块岩石上，朝四下里望着，到处是冰和雪。 可是风刮在脸皮上，他不冷，他只觉得到欣快。 有时在夏天，还会怀念着像这样冰冻的日子呢！ 仿佛没有这样的风，他是活不下去的。 没有这样的风，他心上就失去了什么似的。 没有这样的风，一身的气力，就没用了。

"哼！ 那里……"

他心下不自在地嘟囔着，临风舒展了一下胳膊，骨节在簌簌发响。

"那里……是那里，妈妈的魂会回到那里，我也要到那里……"

秀子用鞋尖踢着踩碎的冰块……石松别过脸去，望望那夏天同她一齐去洗菜的水沟。 他的眼，睃巡地找着河岸上的一块石矶，一棵树木，他还记得哪一片沙滩上丛生过丰茂的芦草，从那儿掏出过黄嘴的小鸟，……虽然现在全给冰雪封锁，可是他知道迟早有那么一天。 他知道冬天过去便是春天，他怜惜地一手去摸着左胯上的枪托把。

——离开这里，家伙也没有用哪！ 那不能！

石松靠着一杆枪，做了谷子中出色的小伙子。 在打猎的时候他永远是占上风。 在那黄羊子迅急地迈了细腿奔跑的时候，他说左腿就左腿，说右腿就右腿，只要枪"砰"地一响，那边浓浓的绿草地上，就会有一只黄白的东西，打个滚儿，不动弹了。 那时，老胡须是怎样地拍着小伙子的肩膀，哈，哈，笑着……

这儿是他的田园，只要眼睛看得到的，他都踩遍。

想着……他好像沉淀在一种极稀的泥窠里，除了留恋着这山冈，这原野；他明白还有更要紧的，那……那也许就是秀子，秀子嘴唇左角上的一个小小的涡儿。 他停着脚，她也停着脚。

"秀子，忘掉那些吧！ 我们不能离开这儿，你想一想（嗓子低低的，有点颤悸）……"

"怎么不？ 爸爸常说……你们有一天，要回到那里去，望望祖先的坟地，那里……（秀子微微偏了头，凝注着悠动浮云的长空。）这些话，你都忘了吧？ 爸爸坐在火池前，喝着酒，瞧着咱们，……"

沉默。

"好，好。"

突然，石松暴躁地吼了声，把手中折着的枯枝，摔下深谷。 这使秀子吃了一惊！ ……

他回过脸来，在那皱紧的眉峰下，瞪着两只亮晶晶星子般的眼睛，在那里诡秘地交织着忧郁和愤怒；下嘴唇咬得有点发白。 盯了秀子一晌，又轻轻地吐了口气。 转过身，"噗"的一下，跳下这高凸的石冈。 嚓，嚓，急促地踩着雪，扬长地走进那片冈子的背后去。

北风吹着。

好半天，忽地一点热泪，从秀子眼睛上落下。 她摸着这湿湿的一滴水，她怀疑地自语：

"怎么？ ……我的眼泪吗？ 为什么呢？ 我！ ……"

（孩子们的心里，还不清楚地了解什么爱情，可是从童年培植起来的友爱，是那么容易地让这两颗心渐渐往一齐融合着。 感情的深泉，是在艰苦中最易于发展的东西吧？ 在他们俩的友情中掺杂了风，也掺杂了冰雪。 这风和冰雪，是怎样地泥巴一样，沾在他们的心上。 可是跟了青春的进展，这一点长久培植的爱，终于会找一个缝隙，显露，像草一样。）

在一刹那间，秀子的脑中，潮水般流转着：

……缩皱的妈妈的脸，临终时没有合上的眼皮，以及那颤抖着的紫色嘴唇上迸出的言语。 远方，那儿的温暖。 春天的，彩色的绘图；泛滥的河水。 爹爹麦穗般的胡髭。 石松哥哥星子般的眼。 冰。 雪。 春天。 青河里的小鱼……她凝望着山岭。 这十八年里面的片段，有的透着霉黑，有的闪着小小的黄花，太多，太多了。 这些都是那样火一般炙热着她。

"石松哥哥！"

朝冈子后面喊了一声。 回答的只是头上啵啵的风。 忽然，她一口气奔下土丘，去寻找那负气的年轻人——她想起这雪层下的凹陷，和深深的峡谷，石松的性子是那样倔强。她倒后悔刚才说的一番话了。 喊着的声音，有点发抖。 可是向晚的风，却俏皮地赶快把它吹散了。

爬过了三条冈子，才望见石松在雪地上。 他跑到哪里，她都找得着。 她认得出他留在雪上的每一个脚印。

石松把脊背倚着一棵青青的虬松，脸朝了那面……

秀子飞一样，扎着两条胳膊，向他跑去。 一看那支乌亮的猎枪，丢在雪里，连那鹿皮的子弹囊，也可怜地扔在一边。 她觉得一点酸，在心上微微抽了一下。 她蹲下去，拾起那些东西。 石松回过脸来，受了什么委屈似的，瞅着她。她一手理着他蓬乱的头发。 她笑了，一边嘴角上的涡儿，花一样旋动。 他星子一般闪光的眼睛低低垂下来。

"我们不能离开这儿！ 石松哥哥！ 爸爸那样年纪，也不愿走远路……"

"那里（石松忘不下刚才说的话，又提起来）………哼！我想你也许会变了。 这儿便是我们的家乡，这儿自由自在……"

秀子伸手捂着了他的嘴。

身上有点灼热，爬到最高的、一条凸出的冈上，他们立着脚，四下里，冈峦，浸蚀在苍白的颜色里。 这会儿在西面的天空上，白云渐渐稀薄了，一条隙缝，露出厚厚冻云外，黄昏凝固的绛色，深深的一条血痕一样。 那面，远远的林子里，有着狼欣悦的嗥叫。 仿佛好的日子快来到了。

秀子笑着，靠了石松的肩膀说：

"春天快来了！"

在这两个月的中间，像一股暗流一样，谣言在散布着。

那天住在斑鸠老头子家的三个人走了之后，许多带胡子的人都疯狂了一般的。 不顾孩子们是在怎样嗤着鼻管讥笑，他们欣快着，拍着手掌，舒展了冻在冰雪中的眉头，连老婆子也躲在矮屋顶下，笑得流泪……

外面，冈岭的雪堆上，人们蓬了头，叽咕着：

"年月快太平了！"

"只要是真龙天子出现呵！"

也有人在半信半疑地说：

"哼！ 说不定又是骗人的鬼话……"

可是这话，立刻便被坚信着的人，给顽固地推翻了。 在谷子里，中年以上的人，全有一条愤懑的魂灵，他们挣扎着，为了生活……他们咒骂着不太平的年月。 他们牢牢记着，怎样地在内地里被那些老爷、狗奴才们，算计着，逼得站不住脚，才抛掉土下祖先的一把骨头，流落出来。 他们疲惫地在冰天雪地中斗争着。 有时放下手喘一口气，像浮起一种憎恨。 这不知道对谁而发的憎恨，一天，一天，积聚着，留着一个时候去发泄。 所以当一种新的诱惑的谣诼刺激着他们的时候，单纯的头脑，并没有仔细较量一下，便把积聚的愤怒，一下迸碎出来。

也许是日子过得太麻木了，需要着刺激……有点疯狂地、激动地不安分起来……

石松，张千，……他们却不这样。

年轻一些的人，虽然耳朵眼里，每个黄昏，都听着老头子、老婆子们的毒咒，蛊惑。 可是，那除掉增加了他们对于那些老爷的恶恨之外，一点也没有因此便常常留恋着远处，而不安于目前的日子，他们喜爱着风和雪。 他们脑子上，根本就没有留下过那望日河上温暖的影子。

雪已经二三十天不落了；风缓缓地吹走白云。

这一天——

老胡须去外面溜腿走回来，穿了一冬天的羊皮袄，从敞着的大襟上流出来油泥的腻味儿。 他搔着毡帽下微潮的头发笑了，解冻的胡须，飘散开来。 他遮了太阳光，一面把眼睛溜向四下去看望，处处是冰雪，闪着晶莹的亮花。

"爸爸……爸爸……"

从冈岭的小径上，秀子颠起脑后的两根辫子，飞跑下来。

胡须没有动，只管眯细了花眼，盯着天空。 秀子走近，脸跑得晕起红潮。 爹爹看着浮动在谷子中的春天消息，看着孩子，……啊！ 冰冷的冬天，终于拖过来了。 不久，人们该和鸟儿一般欣欢地吵叫着了。 他拉了秀子的手，想说什么。 忽然一眼瞅见她头上顶着一个簇新的红毡子帽，他惊愕了。 秀子拍着手喊：

"回去吧！ 爸爸……城里吴二伯伯来哪！ 爸爸……"

她唠唠叨叨诉说着，老胡须也感到快感。 可是他有点疑惑。 往年，吴二来总是在雪融化了的时候，怎么今年？ ……

风从峭壁上折下，跟着还没有冻牢的雪片，纷纷坠落。这几天，晌午头，是这样了。 一早，一晚，还是冷得挺紧，不过落在人们心里的希望，总算摸着了影子。 他们知道，雪不久就要融化了，年轻的人们，一面呆呆瞧着那苍白的冰层。 等到想起春天，草原上奔跑的黄羊子，树上的鸟，他们噗哧笑哪！

老胡须持着吴二的手时，眼泪可差一点没落下来。 沙着嗓子问：

"二弟……才半年没见，怎么你……你……"

吴二眨了眨发炎的火烧眼皮，轻轻叹了口气。 他的个子矮矮的，在那张脸上却画满了不可掩没的折皱。 一年前，他不是这样，那时他还是一个满面红光的皮货老板。 他每年跑到谷子里来和猎户们兜好生意，这一年内获得的皮货，便给他留到秋后，等他来拿去。 可是现在他脸上一点光彩也没有。 只是苍白，苍白。 如果一定要在这张脸上寻点什么，也就是那两颗眼珠子更凸出了一点，现在脸一消瘦，眼球子上的光芒，显得更真挚、老成了。 他终于给胡须拍着肩膀，坐在铺着狼皮的木板上。

"唉……这半年，哼！ 你们这里倒像是世外呢！"

"怎么？"

胡须的眉毛蹙了蹙。 两个月以来的烦闷，更凝固了一点。

"不是打仗吗？ 从秋天就干起来了……这回却是我们中国人的好处多！"

"哦！ 还有鬼子？"

秀子插进嘴去问，不管爹的眼在瞪——门外，起了一阵脚步声。 秀子放下手里的火壶，转过身跑去开门。 进来的是石松，拉了滚得满身是雪、鼻涕冻在额头上的耙子。 耙子一直往火池上奔，给爹爹一把抓着，搂在怀里，一面把冻红的小手，送到皮衣毛上，指着毒焰一样的火苗说：

"你的手不想要了！……没有记性！"

大家都坐下来，吴二又摸着下巴，谈起远处事情。

"起初是蒙古兵，背后受了×x人的哄弄……（他镇静得像翻着自己的皮货账一样）也有土匪……可是打了不久，庙子就给我们的队伍占哪！他们老是想用鬼话骗人的，派人到处搅乱人心……说什么'大元帝国'蒙'真龙天子'蒙！……谁信他们的！有一个堡子就把说这样话的人撵走哪！……"

老胡须从火光中望了眼石松，他的嘴唇咬得有点发白。"……说他们是汉奸！"

"哈哈……（平空，胡须打了个哈哈，还下劲地往大腿上噗噗拍了两下）你猜怎么样！那三个人，我就疑心，只有斑鸠老混账，会信那一派鬼话！二弟，什么真龙天子，还不是×x人想抢想夺！"

耙子躺在姐姐怀里，打呵欠。秀子却把眼睛瞪得挺大。原来老二不是来真正地兜皮货。他是探子，是自家队伍上的探子了。

"你们这里也有这样的人来哪！嘿，好好放掉他们，那些狗——×x人就狠，活埋咱们的人，还灌煤油！城里，哪一个人……哪一个人，不是磨着刀，擦着枪，谁愿正眼瞅那些汉奸一眼，哼！……大哥，咱们一把老骨殖，还有什么舍不得！……"

老胡须转身去，想拿点烧酒，两个孩子可没影了。

黄昏的紫色，浸沾了青蓝的天和苍白的地，风打着唿哨，把那野兽惨烈的噑叫吹向远处去。树木坠净了枝条，光杆儿兜不着一点风声，只管涉水鸟似的一歪一摇。

冈岭上，聚了一堆人。

噑叫的声音，一直从门缝刮了进来。胡须，吴二，灌着酒，走了出来。……

"瞧！……那是石松。"

在那一堆人里面，一个挥着手臂的人，噑着什么。旁的人也噑着。吴二把眼睛瞪了很大，只看见一堆黑兀兀人影子，给深深的紫色涂染着，在那儿抖动，老胡须却能一眼瞧见，哪一个是石松。就拐了他的臂肘一下，笑眯眯的。两个老人，踩着晌午的溶雪，微凝的薄冰，慢慢往那儿走。各个冈岭上，掠过带着欣快的骚动的微风。

石松一眼望见他们俩，就喊着噑：

"来了，老吴二——你们去问问吧！我们谷子里，不会全是老斑鸠那样的呆子，挨人家哄弄……"

老吴二——心里笑了。他知道，年轻的人们是给热力燃烧着了。他们是一帮真挚的、不安分的家伙。在他们的心里，企望着热烈的光明和静谧的和平。他们不懂得什么叫"帝国"，什么叫"天子"，他们只知道不能让旁人穿了皮鞋的脚，自由自在地，从自己头上踩过。他们知道……迟早有一天，这样的脚，也许会一直踩进谷子。 ……

老胡须拉了秀子。 听着吴二对他们说着，他笑了。

头顶上的太白星，也闪着一般的黄光……

日子不再是有胡髭的人的了。 他们刺猬一样蜷缩起来
了。

一个早上，吴二走了，胡须望着他渐渐远去了的背影，
好像有一点感伤。 然而这感伤是终于给欣快侵蚀着了的，初
上的阳光，把鲜红的曦色，熨遍了凸冈。 在这影子里，他拍
拍孩子们的肩膀说：

"我——我是老了！ 往后的世界，是瞧你们的了！ ……"

他喘了口气笑着。

"从前我盼望着人们有一天应当回去，望望祖宗的坟
地……可是现在我不那样想了，为什么要回去呢？ 那里，这
里，都是我们的土地，哼！ 老爷们(冗长，凝想着，微笑
着)……在那里，年轻的人会撵跑他们，年轻的人，不再那
么好摆弄了！"

他指了指四处。

"你们瞅——这儿的冰是多么白，雪是多么深，可是咱们
应该往艰苦中去找快活呵！ 这里要没了人嘛，那些鬼子，该
更流哈喇子(唾涎)了……"

老胡须脸上，又浮上一层红色。

秀子抿着嘴，偷偷瞟了石松一眼。 石松不知是感动的，

还是喜欢的，眼睫上，闪了光。

一天，融得湿漉漉的雪山上，谁这样喊：

"青河崩裂了！……"

四月里的天气，一股春天的气息，从潮湿的树木身上，发散出来。树皮下的筋脉，又苏醒了，一天天透出黑糊糊的绿色。朝阳的山坡上，冰积层，从下面往上化着，卷出霉酵的土味。融解的水和冰的碎块，一齐滚入深峡。青河两岸的草原上，松松的土，给太阳晒干的地方隐约浮现了绿影。山冈间的颜色不再那么单调了。

石松蹲在阳光中，擦着猎枪。

秀子拖了耙子从外头跑回来，也撞进屋去，一把把枪抓出来嘻嘻哈哈笑着……

"擦好了枪——等候着鬼子们！"

"汉奸呢？"

"汉奸，也是一枚子儿流花红脑……"

"……"

年轻的人们，都往来地跑在太阳光下，说着欣快的话。

老头子就只奄奄地喘着气，把破褂子脱下来，寻觅着虱子。他们骨碌了眼睛，看着活泼的人们东钻西跳。不爱说话也不爱笑的张千，也把擦得乌溜溜发亮的枪支高高肩在后背上，使劲地踩着鞋底，噗噗……响。他瞅见斑鸠他们就举举手嚷：

"老爷子——你们的真龙天子，给人拴上当狗喂呢！ 好不伤心呵！ ……"

大伙拍手笑着。 他却绷绷脸说：

"伙计们！ 不要笑——赶紧把你们的刀和枪擦得快点吧！ 不久鬼子们也许跑来看看青河……"

黑天，白天，怀中的枪闪着亮光。

黄羊子趁没人的空儿，跑来河边上饮水。 青河上的冰块，泛着浅浅的蓝色，在泛滥的白沫中，疯狂地，碰击得嘎嘎发响，往远处冲流了去。 草原上，铺满了草芽。 山背阴的冰冻，都没影了。 一股股风，欣快地卷着鸟的稠碎叫声，黄羊子抖颤的细声嗥叫，也卷了谷子里的人们欢喜的歌唱……

"国家""民"本位的写作

——刘白羽中篇小说略谈

吴义勤

刘白羽的文学创作开始于20世纪30年代，其创作历程前后长达七十多年。 在漫长的文学生涯中，他在小说、散文、报告文学等方面都成就卓著，曾出版《红玛瑙集》《草原上》《无敌三勇士》《朝鲜在战火中前进》等几十部文集，并以《长江三日》（散文）、《第二个太阳》（长篇小说）、《心灵的历程》（报告文学）、《火光在前》（中篇小说）等一大批精品力作而备受瞩目。 刘白羽创作耐力惊人，并且越到晚年，其爆发力特别是从事大部头写作的愿望愈发强烈。《大海》（27万字）、《第二个太阳》（28万字）、《心灵的历程》（90万字）、《风风雨雨太平洋》（85万字）……他对时代精神、战斗激情和英雄气质等宏大精神的坚守与书写足以让人肃然起敬。

作为随军记者和文艺界领导，其在前后七十多年间的所见所感为其写作提供了强大支撑。 那种抒情型气质和外向型表达，以及将自我与国家和人民直接关联一起的颂歌情结，使得他始终保持一种旺盛的表达欲望。 无论在延安时期，还是在新中国成立以后，刘白羽都是延安文艺思想的坚定践行者。 或者说，延安之于刘白羽的召唤与影响，不论当时还是后来，都是深入灵魂的。 他一生都把毛主席的《在延安文艺座谈会上的讲话》（以下简称《讲话》）作为文艺实践的根本指导思想，其颂歌体、政治抒情体写作模式（以散文、小说、报告文学为主），不但在新中国成立后的"十七年"里汇入歌颂新时代、新国家、新秩序的旋律里而轰动一时，而且也在新时期以来始终捍卫着延安《讲话》以来的工农兵文学的正统地位。

与在散文、长篇小说、通讯、报告文学上所产生的巨大影响力相比，刘白羽公开发表的中篇小说不仅数量极少，而且影响力也相对有限。 以"人民""国家"或"集体"为本位，以颂歌和政治抒情体写作模式，展开对宏大革命历史、社会主义建设及其集体主义精神的书写或表达，自然也是其在中篇小说创作中所侧重实践的主题向度。《火光在前》是其代表作。 这部长达7万多字的中篇最初发表于《人民文学》创刊号（1949年9月），后经作者修订，又由北京新华书店于1950年6月作为"中国人民文艺丛书"之一种而予以初版。 在新中国成立前后一年多的大背景下，这部中篇从初刊到初版的过程以及在此过程中所产生的广泛影响，显然不再是一个单纯的文学问题，而被融入了致敬新政权、讴歌新中国的历史使命。 诚如作者在《关于〈火光在前〉的一点回忆》中说："《火光在前》写作、发表，整整十年了，当时，可以说是自己对刚诞生的新国家的一点小小的礼物。"也就是说，若论这部中篇的文学价值，无论在当时还是在今天看来，其外部意义显然远远大于文本内部的审美价值。

《火光在前》以渡江战役为创作背景，描写解放军某师在师长陈兴才、政委梁宾率领下突破长江天险并进军湘西的战斗经过。这部作品不但被认为是新中国第一部描写军事题材的中篇小说，还被不同时代的读者解读出全新的意义。就前者而言，小说对中国人民解放军渡江作战、挺进南方这一历史事件予以宏观叙述，特别对其中军地关系（军民互爱、互助）的展现，对军人精神风貌和不畏艰难、英勇前进的英雄壮举，都做了绘声绘色的描写。这种展现与描写带有抒情气质和革命浪漫主义色彩，为一段历史活动留下了极为珍贵的文学记录。就后者而言，有学者认为，这是一部展现军人和部队都在成长的"成长小说"（许峰《关于部队与人的成长小说——重评刘白羽中篇小说〈火光在前〉》）。这种解读显然赋予这个中篇以新意，也是其作为优秀小说的生命力所在。事实上，小说也揭示了一些尤须关注或改正的现实问题。比如，解放军战士也并非一概洋溢着乐观主义和英雄主义精神，由于这支部队的兵员大都来自北方，当置身于新环境，遭遇意想不到的水土不服或交流困难时，再加之因局部行动遇阻，他们也就不免产生彷徨心绪和抵触情绪；而部队由于初到江南，或因不熟悉路况，或因军纪一时松懈，从而造成行军中拥堵、无序甚至冲突事件的发生。小说对存在于战士和部队中的这些问题做了充分揭示。很显然，作者在此提出了一个很严肃的问题，即无论战士还是军队都要在战争中不断"成长"，只有如此，才能担负起保卫和建设新中国的神圣职责。

刘白羽中短篇小说大都是军事题材，侧重描写我军战士或政治工作者的感人故事，并以此来揭示我军具有强大战斗力和深得老百姓爱戴与支持的原因。比如，《政治委员》取材于东北解放战争，描写团政委吴毅的非凡故事。作为老红军兼团政委的吴毅亲自指挥一场战斗并带头攻坚，这让不主动作为、从而给部队带来极坏影响的二营教导员沈克深受教育。《无敌三勇士》描写了三个不同经历和性格的战士，侧重展现他们在思想觉悟和战斗意志上的成长过程，从而赞美了解放军战士的优秀品质，并对其英雄形象做了一次集中书写。刘白羽的颂歌式书写模式在"十七年"时期具有突出的代表性。他以人民军队为讴歌对象的小说写作也将文学的政治功能提升到了空前高的地位。文学与政治的同构以及在实践中的高度统一，在刘白羽的文学写作中得到全面而充分体现。

除《火光在前》外，《成长》《清河崩裂了》《蓝河上》等早期作品并不为人所熟知。这几部创作于三四十年代的中篇小说大都以作者在敌占区或解放区的所见所感为基本素材。《成长》记述青年人抗战中的流亡经历，揭示他们或苦闷或悲愤的情感。《清河崩裂了》描写一代代农民艰难的生活处境，揭示他们在严酷的自然环境和民族战争中逐渐萌生的反抗与斗争精神。 这些融写景、纪实、抒情于一体的早期作品展现了刘白羽中篇小说创作的另一幅笔墨。

图书在版编目（CIP）数据

火光在前/刘白羽著；吴义勤主编. -- 郑州：河南文艺出版社，2020.12

（百年中篇小说名家经典/何向阳总主编）

ISBN 978-7-5559-1062-6

Ⅰ.①火… Ⅱ.①刘…②吴… Ⅲ.①中篇小说-小说集-中国-当代 Ⅳ.①I247.5

中国版本图书馆 CIP 数据核字（2020）第 229692 号

丛书策划　　陈　杰　杨彦玲

本书策划　　王淑贵　　　　　　责任校对　梁　晓

责任编辑　　王淑贵　　　　　　责任印制　张　阳

丛书统筹　　李亚楠　　　　　　书籍设计　书籍/设计/工坊　刘运来工作室

火光在前
HUOGUANG ZAI QIAN

出版发行　河南文艺出版社

本社地址　郑州市郑东新区祥盛街 27 号 C 座 5 楼

邮政编码　450018

承印单位　河南瑞之光印刷股份有限公司

经销单位　新华书店

开　　本　787 毫米×1092 毫米　1/32

印　　张　6.625

字　　数　125 000

版　　次　2020 年 12 月第 1 版

印　　次　2020 年 12 月第 1 次印刷

定　　价　32.00 元
